P. L. JACOB (BIBLIOPHILE)

SIMPLES RÉCITS

Un valet d'autrefois.
Le secret de la confession.

PARIS

PAUL HENNETON ET Cie, ÉDITEURS

9, RUE SAINTE-ANNE, 9.

SIMPLES RÉCITS

Poissy. — Typ. Arbieu.

P. L. JACOB (BIBLIOPHILE)

SIMPLES RÉCITS

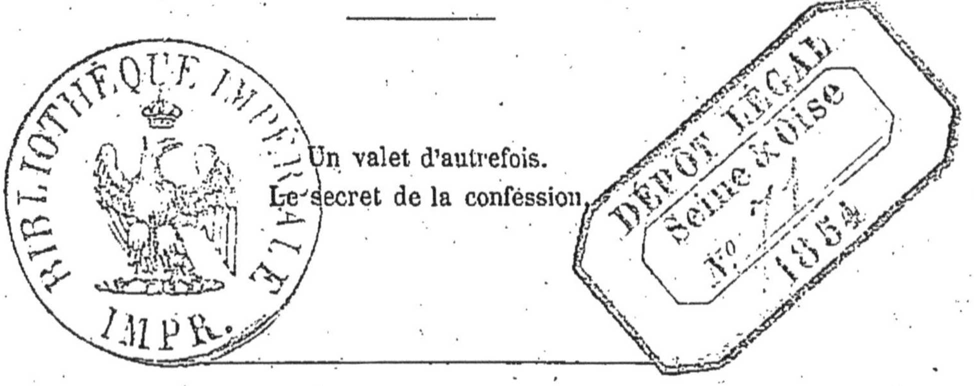

Un valet d'autrefois.
Le secret de la confession.

PARIS

PAUL HENNETON ET Ce, ÉDITEURS

9, RUE SAINTE-ANNE, 9.

SIMPLES RÉCITS

UN VALET D'AUTREFOIS

1794

I

Le comte de Benohen n'avait pas voulu quitter la France pendant la plus sanglante période de la révolution, quoiqu'il fût noble et riche, et malgré ces deux chefs d'accusation également dignes de mort à cette époque.

Il s'était seulement retiré à Paris, pour y vivre obscur et oublié avec son fils unique, âgé de quinze mois, et deux domestiques de confiance, élevés et mariés sous ses yeux dans son château seigneurial de Bretagne.

Alain Bouchard et sa femme étaient des serviteurs fidèles et dévoués qui ne participaient point aux idées républicaines, du moins avant qu'ils eussent respiré l'air contagieux de la capitale, où l'on lisait à chaque coin de rue cette inscription menaçante : *Liberté, égalité, fraternité ou la mort !*

Ce couple honnête et simple se trouvait content de son sort et n'en désirait pas un meilleur ; il aimait son maître qui l'avait comblé de bienfaits, et il ne rougissait pas d'une condition inférieure qui le préservait de tout souci pour le présent et l'avenir. Il s'acquittait donc de ses devoirs avec zèle et avec plaisir, comme pour témoigner, par cet empressement, l'affection et la reconnaissance qu'il avait vouées au comte de Benohen.

C'étaient de ces cœurs bretons pétris de vertus candides et inaltérables qui appartiennent plutôt à l'âge d'or qu'à notre siècle de fer.

Une circonstance particulière avait encore augmenté l'attachement que Alain et Annette portaient naturellement à leur seigneur.

La comtesse de Benohen était morte en

mettant au jour un fils, sur lequel le comte reposait avec complaisance tout son espoir et tout son orgueil ; Annette, qui avait elle-même peu de temps auparavant donné un fils à son mari, fut chargée de nourrir le petit orphelin, et elle devint bientôt pour lui une véritable mère aussi tendre, aussi jalouse que pour son propre enfant.

M. de Benohen, qui partageait les préjugés originels de sa classe, et qui gâtait par cette funeste disposition les plus estimables qualités, ne prit pas garde à l'idolâtrie de cette nourrice pour son nourrisson, et se persuada que le lait d'une femme mercenaire n'avait qu'une valeur appréciable en argent.

Il était donc fort éloigné de soupçonner que ces soins maternels vendus et achetés donnassent quelques-uns des droits d'une mère à la nourrice, qui n'était guère plus, aux yeux de l'orgueilleux comte, qu'une vache ou une chèvre fournissant un lait pur et abondant.

Néanmoins, malgré cette injustice fondée sur une ignorance complète de la nature des sentiments les mieux faits, M. de Benohen se réjouissait de voir avec quelle chaleur d'âme, avec quelle persévérance, avec quel désintéressement Annette remplaçait près d'un enfant étranger la mère que cet infortuné avait perdue en venant au monde : il se débarrassait d'ailleurs de tous les embarras de la paternité sur Annette et Alain, en se promettant, toutefois, de ne confier à personne l'éducation de l'héritier de son nom et de sa fortune.

Quoique les domestiques du comte vécussent dans la même solitude que ce dernier, qui avait intérêt à se cacher, ils ne furent pas tout à fait à l'abri de l'influence inévitable des événements.

Tant qu'ils avaient été parqués dans un vieux château, en Basse-Bretagne, au milieu des mœurs, des usages et des idées de leurs grossiers et généreux compatriotes, ils ne se doutèrent pas que tout était changé en France, depuis la royauté jusqu'au dernier rang de l'échelle sociale. Ils entendirent seulement parler de la fuite des seigneurs voisins qui émigraient, de la vente de leurs propriétés au nom de la nation, et de la ruine des églises dans quelques provinces moins religieuses que la vieille Armorique; mais ils ne remarquèrent aucun changement dans leur village, si ce n'est que le drapeau tricolore flottait à la pointe du clocher de la paroisse.

M. de Benohen avait, le premier, troublé l'heureuse innocence et le calme indifférent des deux époux, en s'indignant tout haut, devant eux, des excès et des crimes du gouvernement populaire, en répétant les nouvelles affligeantes qu'il recevait de ses amis, en lisant les gazettes à ses gens rassemblés pour la prière du soir, et en les invitant à ne pas se laisser séduire par les doctrines révolutionnaires.

Alain Bouchard et Annette ne comprenaient rien à ce langage nouveau pour eux ; ils faisaient seulement le signe de la croix, quand on leur disait que la famine était à Paris et la guerre civile en Vendée ; à toutes les lamentations de M. de Benohen, ils répondaient que Dieu et le roi mettraient ordre à cela, et ils n'en dormaient pas moins tranquilles, n'en mangeaient pas de moins bon appétit, n'en remplissaient pas moins scrupuleusement leurs devoirs de piété.

Les discours imprudents de M. de Benohen trouvèrent de perfides échos ; dénoncé, accusé, décrété d'arrestation, il quitta précipitamment ses terres avec son fils au berceau et ses domestiques ; mais il n'eut point assez de détachement de sa patrie pour chercher sa sûreté dans l'émigration, au moment où les armées étrangères allaient envahir le territoire national ; il espérait d'ailleurs que la fièvre révolutionnaire touchait au terme, et que, d'un jour à l'autre, la religion et la royauté triompheraient de leurs ennemis.

Il se retira donc à Paris pour attendre le dé-

noûment favorable de cette crise, et se sous-
traire plus facilement aux poursuites exercées
contre lui; mais quand il se vit prisonnier
dans la capitale, au milieu des factions et des
émeutes, il regretta d'être venu lui-même
se mettre à la merci des juges et des bour-
reaux: Louis XVI avait porté sur l'échafaud
sa tête découronnée, et la monarchie n'était
plus !

M. de Benohen s'abandonna dès lors à la
tristesse et au découragement; il cessa d'exprimer en paroles amères et haineuses le mépris
qu'il faisait de l'état de choses existant; il se
renferma dans un profond silence, et ne trahit
ses pensées de deuil que par des larmes muet-
tes ou des gestes désespérés; il savait que sa
vie dépendait d'un mot, et que la qualification
de *suspect* l'eût conduit à la guillotine dans les
vingt-quatre heures.

Il ne sortait presque jamais de son cabinet,
ne recevait personne, et passait, dans la section de son quartier, pour un Américain arrivé
de New-York, avec l'intention d'être témoin
des faits glorieux de la révolution française.
Le titre d'Américain était, dans ce temps-là,
une égide plus sûre que toutes les distinctions
honorifiques, et le comte de Benohen, déguisé
sous le nom de sir Back, avait moins à crain-
dre une persécution qu'une ovation, tant les

Parisiens admiraient avec fanatisme les conci-
toyens de Washington.

Alain et Annette se conformaient aux volontés de leur maître, en demeurant sédentai-
res comme lui.

À peine se hasardaient-ils à courir jusqu'au
marché voisin pour y faire la provision de la
semaine, jusqu'à l'église la plus proche pour
en regarder la porte fermée, à défaut de l'au-
dition d'une messe du dimanche ; ils faillirent
plusieurs fois éveiller des soupçons sur le
prétendu Américain qu'ils servaient, en sol-
dant leurs acquisitions avec de l'argent au lieu
d'assignats, en s'informant de la réouverture
de l'église, et en s'étonnant que le roi permît
de sonner les cloches des paroisses, sans
qu'on y dît la messe : ces braves gens prenaient
le tocsin pour l'*Angelus !*

Mais, M. de Benohen leur donna des in-
structions si précises et si prudentes, qu'ils
commencèrent à se tenir sur leurs gardes et
à éviter tout ce qui pouvait attirer l'attention.

Ils avaient vu la populace saisir un malheureux prêtre en pleine rue et le hisser au poteau
de la lanterne. Ce spectacle horrible les rendit
plus circonspects et plus craintifs, que les plus
sages représentations n'eussent pu le faire.

Ils ne s'absentaient que le soir, ou de grand
matin, pour acheter à la hâte les denrées in-

dispensables ; ils faisaient au logis leurs dévotions, et retenaient leur langue, de peur de compromettre la liberté et les jours de leur ancien seigneur.

Ils ne purent toutefois échapper entièrement aux réflexions que leur suggérait la situation des affaires publiques; ils avaient lu des placards et des journaux : ils avaient entendu rebattre à leurs oreilles une foule de raisonnements, capables d'ébranler une tête plus solide que la leur ; on les traitait partout de *citoyen* et de *citoyenne*; on leur avait ri au nez, quand ils usaient des formules aristocratiques de *monsieur* et *madame,* mises hors la loi; on avait même voulu les lapider pour un impertinent *j'ai l'honneur de vous saluer.* Force était donc de parler, sinon de penser comme tou le monde.

Penser comme tous les vrais sans-culottes, blasphémer, fouler aux pieds les plus saintes vérités, adorer les odieux mensonges, ce n'était pas une métamorphose possible pour ces loyaux Bretons qui avaient gravés, au fond de l'âme, les enseignements de leur curé et de leur seigneur.

Mais ils rencontrèrent tant de valets enrichis et affranchis, tant de maîtres déchus et réduits à la misère, qu'ils en vinrent au point de supposer les torts du côté de ses derniers ; ils se dirent, entre eux, que les grands avaient mérité leur abaissement et leur ruine par des actes d'orgueil, d'avarice et de méchanceté; que le comte de Benohen, il est vrai, n'aurait jamais à se reprocher.

Ils accusèrent seulement celui-ci de froideur, de sévérité et de morgue; toutefois ils le disculpèrent presque aussitôt en songeant combien il était malheureux, veuf de sa femme, exilé de la Bretagne, privé de ses revenus, et menacé d'un sort plus funeste, si on le découvrait.

Alain, dont l'esprit borné surpassait en faiblesse celui de sa femme, se laissa davantage impressionner par les événements et par les mauvais conseils; son affection pour le comte ne diminua point, mais sa susceptibilité s'augmenta de manière à lui faire sentir vivement les épines de sa position servile, et à envenimer les blessures de son amour-propre naissant.

Il s'aperçut que M. de Benohen avait le ton brusque, l'abord rude et l'humeur noire: il s'attrista des respects et des égards auxquels il était astreint, et il souhaita secrètement que la *Déclaration des droits de l'homme* tombât par hasard dans les mains du comte pour lui apprendre à vivre avec ses domestiques.

Néanmoins, Alain était incapable de nuire

2

à son maître ; il eût même sacrifié sa vie pour sauver celle de M. de Benohen, qu'il chérissait et vénérait comme un père.

II

Alain Bouchard et Annette causaient, un jour, dans l'antichambre, tandis que le comte écrivait des lettres et lisait des papiers dans son cabinet, dont l'entrée n'était accessible à personne.

Alain épelait à haute voix la bizarre nomenclature du calendrier républicain, composé de plantes, de fruits et d'instruments aratoires, pour remplacer les saints du calendrier grégorien, œuvre de folie et de ridicule, que le poëte comique Fabre d'Eglantine avait publiée sous son nom.

Annette écoutait, en ouvrant de grands yeux ébahis, cette étrange liste de noms de baptême, auxquels sa mémoire opposait ceux que l'Église catholique avait mis en honneur.

Elle berçait sur ses genoux l'enfant de M. de Benohen, et suspendait ce balancement, chaque fois que son nourrisson semblait vouloir s'endormir sans crier et sans tordre ses petites mains.

— Voici les saints, c'est-à-dire les noms propres du mois de brumaire qui correspond au ci-devant octobre, disait gravement Alain : *pomme, céleri, poire, betterave, oie, héliotrope, figue, scorsonnère, alisier, aux bienfaiteurs de l'humanité...*

— Ah ! Notre-Dame ! quel drôle de nom ! s'écria Annette avec surprise ; il est long comme une antienne...

— Ce n'est pas un nom de baptême, celui-là, puisque c'est le nom d'une fête républicaine qui tiendra lieu de dimanche.

— Dira-t-on la messe ce jour-là ?... Sais-tu, Alain, que nous ne sommes point allés à la messe depuis six mois, ni à vêpres, ni à confesse ?

— Que veux-tu faire, puisqu'il n'y a plus d'église ni de prêtres à Paris ? Patience ! nous retournerons en Bretagne, et alors...

— Je voudrais que ce fût demain ! s'écria Annette, dont les yeux se remplirent de larmes ; nous vivons ici comme chez les païens, et c'est bien triste de ne pas entendre un sermon, même aux grandes fêtes ! D'ailleurs, Dieu sait ce que devient, pendant notre absence, le pauvre cher enfant que nous avons confié à une nourrice, pour ne nous occuper que de l'enfant d'un autre, qui boit le lait de mon fils !

— Oh ! c'est mal ! c'est contraire aux droits de l'homme, reprit Alain avec un air magistral : il faut que la mère allaite elle-même son enfant !

— Sans doute, mais si la mère meurt, ainsi que madame de Benohen ?...

— En ce cas, le père, selon les lois de la nature et de la liberté, doit suppléer à la mère.

— Allons donc ! tu es fou, interrompit Annette en riant et en se penchant avec tendresse vers l'enfant endormi. Eh bien ! j'ai beau me dire que j'aurais dû ne jamais me séparer de mon petit Bouchard, j'ai beau me défendre d'aimer ce marmot que je nourris, je l'aime de plus en plus tous les jours, et souvent je m'imagine que je suis sa mère ! Qu'il est joli, mon Eutrope !

— Eutrope ! quel diable de nom ! répétait Alain en haussant les épaules ; je veux bien croire que le saint, qui s'appelle ainsi, est là-haut dans le ciel ; mais, à coup sûr, il est déplacé sur la terre, et ce nom seul nous ferait incarcérer comme des aristocrates.

— Dépêchons-nous de le changer ; je ne demande pas mieux, si l'intérêt de cet enfant nous le commande ?

— Et le nôtre surtout, et celui de M. le comte... du citoyen de Beuohen, veux-je dire. Vois-tu, Annette, aujourd'hui on juge un homme d'après le nom qu'il a : « Comment te nomme-t-on, citoyen ? — M. de la Bouchardière, ou de la Morinière, ou de la Pennissière, ou tout autre de... — Aristocrate ! à la lanterne ! » Quand le citoyen se nomme tout bonnement Potiron, ou Pissenlit ou Coquelicot, ou même Cheval, il ne court aucun danger ; il est toujours innocent, toujours libre ; on ne lui supposera pas l'intention de conspirer, d'accaparer le blé ou l'argent, de correspondre avec les émigrés, ni de renverser la République ; au contraire, on proclamera son civisme et son incorruptibilité, on lui décernera une couronne de feuilles de chêne, on le choisira pour remplir des fonctions gratuites auprès de sa Section ; enfin, la fameuse loi des suspects n'existera pas pour lui, grâce à son nom !

— Qu'est-ce qui t'a donc si bien stylé ? lui demanda sa femme émerveillée de ce nouveau vocabulaire qu'on apprenait dans les rues.

— C'est l'épicier du coin, répondit-il en se rengorgeant, monsieur... c'est-à-dire le citoyen Publicola, sergent de la garde nationale et juré au tribunal révolutionnaire : un excellent homme qui a toujours un sabre sur son comptoir et une pique dans son arrière-boutique.

— Bouchard, pourquoi fréquentes-tu ces gens-là? murmurait Annette en essayant de rendormir l'enfant qui poussait des cris aigus. Eutrope! là, là, là, là, mon mignon! Eutrope, mon petit garçon! laderi, laderidera.

— Encore Eutrope! ce nom me fait mal à entendre! Il faut le changer à tout prix, sans que monsieur, ou plutôt le citoyen que l'aveugle naissance nous a donné pour maître, s'aperçoive de cette innovation, qu'il approuverait d'ailleurs, s'il en savait l'importance.

— Soit; nommons-le *Alisier ?* dit-elle en chantant un refrain breton pour apaiser les cris de l'enfant. Alisier, mon ami, mon chéri!

— J'aurais préféré *Héliotrope* comme plus distingué et plus convenable au fils d'un noble; mais *Alisier* s'accorde mieux avec l'égalité.

— Alisier! Eutrope! Alisier! reprenait Annette, qui adoucissait ou renforçait le son de sa voix, selon que les cris de l'enfant étaient plus faibles ou plus perçants. Qu'a-t-il donc, ce pauvre petit? il était si calme tout à l'heure; c'est peut-être ce nom républicain qui l'effraie? Mon bien-aimé Eutrope !

— Fi ! qu'il est méchant, Alisier ! dit Alain,

frappant du pied et prenant un accent gron-
deur pour imposer silence à l'enfant, qui se
pâmait de colère et devenait bleu. Fi ! qu'il est
laid, le petit aristocrate ! Où est le père Du-
chesne ? Bon, bon, bon ! le voici avec son
bonnet rouge et sa carmagnole !

— Tais-toi, Alain ; tu fais peur à cet enfant,
et si monsieur le comte savait les vilaines
choses que tu dis-là, il serait fort mécontent,
car il n'aime pas que dans sa maison quelqu'un
s'avise de tenir des propos révolutionnaires.
Prends garde à toi, Alain ; malgré toute sa
bonté, il te chasserait peut-être...

— Me chasser ! répliqua-t-il avec une grimace de dédain et un geste insolent ; est-ce
que les maîtres chassent encore leurs gens ?
Est-ce qu'il y a d'ailleurs des maîtres et des
gens ? Je consens à rester au service de monsieur, ou plutôt du citoyen Benohen, parce que
je l'estime, parce que je...

— Tu es fou, mon pauvre Alain ! repartit
avec une pitié chagrine Annette, qui s'était
levée et marchait à grands pas, pour que le
mouvement fît diversion à la souffrance ou à
la colère que l'enfant exprimait par des plain-
tes déchirantes. Ecoute : je te prie de ne plus
voir l'épicier Publicola...

—Bah ! nous sommes une paire d'amis, et
il se propose de faire mon éducation de sans-

culotte. Nous avons bu tantôt un verre de cassis, à la santé...

— Je ne suis plus surprise des belles idées
que l'on t'a fourrées dans la cervelle ! O mon
Dieu ! tâche que monsieur le comte ne s'en
doute pas !

— Le citoyen Publicola n'est pas fier, quoiqu'il soit sergent de la garde nationale et juré
au tribunal révolutionnaire : il boit et trinque
avec moi.

— C'est une dangereuse connaissance que
tu as faite là ! dit tristement Annette qui en-
trecoupait ses observations sensées par des
chants mélancoliques.

— Est-il obstiné, ce petit comte ! reprit
Alain que les cris lamentables de l'enfant pous-
sèrent à bout ; on croirait qu'on l'écorche !
Chante-lui la *Marseillaise ?*

Annette, dont tout le savoir-faire de mère
échouait contre le désespoir d'Eutrope, en
proie à une crise de dents, suivit machinale-
ment le conseil de son mari, et entonna aussitôt l'hymne populaire qui retentissait alors
d'un bout de la France à l'autre, et menait au
combat nos armées victorieuses.

L'enfant, subjugué par cet air solennel et
pathétique, oublia ses douleurs de dentition,
et fixa, sur le visage de la chanteuse, des
yeux pleins de larmes, où se peignait une émo-

tion de plaisir et d'étonnement ; il ne jetait plus un cri,

Alain, électrisé aussi à ce chant magnifique, murmurait à demi-voix les paroles des couplets et battait la mesure en remuant la tête : le cassis qu'il avait bu et l'éloquence de l'épicier Publicola n'ajoutaient pas peu d'enthousiasme à son amour de la musique ; il se mit à répéter le refrain : *Aux armes, citoyens !* sans modérer les éclats de sa voix, qui arrivait jusqu'aux oreilles des passants dans la rue.

Les deux chanteurs s'animaient mutuellement à l'exécution de ce morceau, quand une porte s'ouvrit tout à coup.

— Est-ce que les brigands sont chez moi ? s'écria M. de Benohen qui accourait tout pâle, et qui s'arrêta stupéfait en voyant les auteurs de cette trahison. Quoi ! c'est vous, malheureux ! c'est toi, scélérat ! reprit-il avec énergie en s'avançant vers Alain qu'il souffleta sur les deux joues.

— Ah ! monsieur le comte, ce n'est pas lui ! dit Annette qui se jeta entre son mari et M. de Benohen, pour empêcher celui-ci de maltraiter Alain.

Alain, muet et immobile, la tête basse et les poings serrés, frémissant de tout le corps, ne cherchait pas à éviter de nouveaux soufflets.

— Comment, misérable ! vous voulez donc

me perdre ? s'écria le comte, qui se repentait déjà d'avoir été entraîné trop loin par un premier mouvement de fureur, et qui contenait néanmoins toute son indignation. Vous chantez chez moi la *Marseillaise* ! Savez-vous ce que c'est que la *Marseillaise* ?

— Monsieur le comte, il ne le fera plus, répondit Annette en lui présentant son enfant comme pour demander grâce ; c'était ce pauvre petit Alisier...

— Qui nommez-vous de la sorte ? interrompit M. de Benohen, qui n'eût pas remarqué ce nom burlesque, s'il n'avait aperçu à ses pieds le calendrier républicain.

— C'est Eutrope, monsieur le comte, dit Annette dont le trouble s'accrut à cet imprudent aveu qu'elle n'avait pas voulu faire ; c'est Alain, c'est Alisier...

— Voilà une audace qui passe tout ce qu'on peut imaginer ! répliqua M. de Benohen, dont l'irritation était au comble ; ces faquins-là se permettent de donner un sobriquet à mon fils, qui sera comte de Benohen après moi ! et quel sobriquet encore ! une injure, une bouffonnerie !

— Monseigneur, pardonnez-lui, pardonnez-nous ! répondit Annette hors d'elle-même et ne sachant plus quelle excuse invoquer. C'est l'épicier Publicola... un sergent de la garde nationale... On a supprimé les saints du calendrier... J'ai cru que ce nom-là lui porterait bonheur, à ce cher Alisier... Je veux dire Eutrope !... Il souffre beaucoup des dents ; il en a percé deux cette nuit, et comme il criait, à nous rendre sourds...

— Parleras-tu, coquin ? disait M. de Benohen, en secouant par le bras Alain qui semblait ne rien entendre et ne rien sentir ; m'apprendras-tu, drôle, ce que signifie ce complot ? Pourquoi chantais-tu cette abominable chanson ? Pourquoi te permets-tu de changer le nom de mon fils ? Réponds, ou je te tue comme un chien sur la place !...

— Monseigneur, monsieur le comte ! disait Annette, en faisant un bouclier à son mari, de l'enfant qu'elle tenait dans ses bras : il est désolé de vous avoir déplu !... Il ignorait que cette chanson vous fût désagréable... Mais, plutôt, c'est moi seule qui l'ai chantée pour endormir le petit... Ne le tuez pas, monsieur le comte ! il est bien fâché de ce qu'il a fait ; voyez, il tremble, il pleure, il n'ose vous regarder en face... Grâce pour lui !

— Sors de ma présence et ne reparais plus devant mes yeux ! cria M. de Benohen, avec un signe impérieux ; va te faire pendre hors de chez moi !

— Pendre ! murmura en sortant, le valet qui

avait relevé la tête et lancé un regard de bête fauve sur son maître : tous les hommes sont égaux à présent !

— Le drôle est ivre, dit le comte qui tressaillit à cet adieu menaçant, ou bien il me trahit. A qui se fier, bon Dieu. N'y a-t-il que des monstres d'ingratitude sur la terre !... Je ne veux plus voir chez moi cet homme qui m'a manqué de respect et qui a chanté la *Marseillaise* dans ma maison !

Annette implorait le pardon de son mari, sans nier les torts dont l'accusait le comte, que la lecture des papiers publics, pleins d'une farouche énergie révolutionnaire, avait prédisposé à cette terrible exaspération.

M. de Benohen marchait à grands pas dans la salle, en gesticulant avec violence, et en accablant de malédictions les hommes du parti terroriste, qui, à cette époque, gouvernait la France à l'aide des prisons et de la guillotine.

Il secouait, dans ce moment, la contrainte qu'il s'était imposée par précaution depuis sa venue à Paris, et il s'abandonnait à toute la fougue de son caractère, à toute l'intolérance de ses opinions. Il n'eût pas plus ménagé les hommes et les actes de la République, en présence d'un tribunal de juges, tant son indignation était au comble.

Enfin, épuisé par cette longue et chaleu
reuse déclamation qu'interrompaient seuls les
cris de l'enfant effrayé, il rentra dans son cabinet, en rejetant derrière lui les portes avec
fracas.

III

Cette scène avait tellement épouvanté Annette, qu'une heure après la retraite du comte,
elle restait encore toute tremblante à la même
place.

Ses larmes coulaient en silence, et elle gé-
missait, absorbée dans une préoccupation unique, la disgrâce de son mari, que M. de Benohen
avait formellement chassé en l'accablant des
épithètes les plus injurieuses. Elle ne pouvait
s'accoutumer à l'idée de quitter cette maison
où elle avait été élevée, où elle s'était mariée,
où elle croyait mourir ; car, bien que le comte
ne l'eût pas comprise dans l'arrêt d'Alain, elle
savait que le sort d'une femme est subordonné
à celui de son époux.

Par intervalles, elle espérait que M. de Benohen reviendrait de lui-même sur une sévé-

rité qui allait jusqu'à l'injustice, et elle se promettait de recommencer des prières que la furieuse irritation de son maître avait rendues inutiles ; elle s'efforçait de reprendre le courage d'aller se jeter de nouveau, avec son nourrisson, aux pieds de M. de Benohen ; mais le souvenir de l'emportement auquel il s'était livré devant elle, la glaçait encore de terreur.

Cependant Alain Bouchard ne revenait pas.

Annette se mit à la fenêtre pour chercher dans la rue si elle l'apercevait ; elle attendit en vain jusqu'au dîner.

Elle avait le cœur bien gros et les yeux bien rouges, car Alain était toujours absent ; et comme elle s'imaginait le connaître à fond, elle supposa qu'il se désolait, assis au coin d'une borne, dans quelque rue déserte, en s'accusant d'avoir encouru le blâme de son seigneur, et en demandant au ciel l'occasion de réparer sa faute.

Annette, craignait que son mari fût aussi sensible qu'elle-même au congé brusque et définitif qu'il avait reçu, ressentait de plus vives inquiétudes, à mesure que l'absence d'Alain se prolongeait ; elle lui attribuait encore assez de dévouement à l'égard du comte, pour appréhender qu'il se fût puni plus sévèrement de ses propres mains ; par moments, elle se persuadait que la Morgue ne lui restituerait qu'un cadavre, et elle lui donnait déjà des larmes.

M. de Benohen se mit à table.

Il chercha des yeux autour de lui si Alain n'était pas à son poste; il se retourna deux fois vers Annette qui sanglotait, et ne lui adressa point la parole; il avait l'air sombre et chagrin; mais il donnait des ordres avec une voix si douce, qu'Annette eût souhaité qu'Alain fût présent pour obtenir sa grâce.

Enfin le comte, qui mangeait lentement et comme sans appétit, s'arrêta en déposant sa fourchette, et se cacha la figure dans ses deux mains : il pleurait amèrement.

— Annette, demanda-t-il d'un ton triste et affectueux à la fois, où est Alain?

— Je ne sais pas, monsieur le comte, répondit-elle en sanglotant plus fort.

— Appelle-le, et dis-lui que je l'attends? reprit le comte avec bonté.

— Hélas! mon Dieu! si je pouvais deviner où il est et ce qu'il fait en ce moment!

— Eh quoi! il est donc sorti?

— Oui, monsieur le comte, quand vous l'avez banni de votre présence... Il est un peu vif, ce pauvre Alain, un peu mauvaise tête, quoiqu'il n'y ait pas de meilleur cœur au monde, et je crains...

— Que crains-tu? s'écria M. de Benohen qui tressaillit sur son siége par l'effet d'un foudroyant pressentiment.

— Je crains qu'il soit allé se noyer !

— Ah ! je ne me le pardonnerais jamais, dit le comte en joignant les mains ; je l'ai trop maltraité, ce cher Alain ; je lui ai dit des injures, je l'ai frappé même !

— S'il était ici, monsieur le comte, il vous supplierait de n'y pas penser plus que lui !

— Oui, je l'ai frappé, je m'en souviens ; c'est mal, c'est une odieuse action ; j'en suis fâché, j'en ai un regret extrême, je voudrais le lui exprimer et l'embrasser ensuite pour nous réconcilier.

— C'en est trop, monsieur le comte, reprit Annette avec une joyeuse reconnaissance ; vous êtes le plus généreux des maîtres, et je ne changerais pas votre service pour celui du roi ! Alain a bien raison de tant vous aimer ; il donnerait sa vie pour vous, comme il le dit à qui veut l'entendre ; et, s'il avait cent vies au lieu d'une, il n'en garderait pas deux pour lui. N'est-ce pas malheureux qu'il soit parti sans nous dire où il va ? Il serait maintenant si content, si fier, si réjoui ! Quoi ! monsieur le comte, vous l'auriez embrassé ?

— Sans doute, mon enfant, et je le prierai d'oublier ce qui s'est passé entre nous ; quand on a mal agi envers un inférieur comme avec un égal, il ne faut pas qu'une fausse honte empêche de déclarer ses torts et de s'en faire absoudre par un loyal repentir. C'est surtout dans le terrible temps où nous vivons qu'on doit apprendre l'indulgence, car on est exposé à en avoir besoin soi-même au premier instant : n'est-il pas sage de se faire des amis, lorsqu'on peut un jour ou l'autre se rencontrer pour la dernière fois sur l'échafaud ?

M. de Benohen parlait encore, et Annette, malgré son intelligence peu éclairée, était émue de la noblesse de ces réflexions prononcées avec un accent simple et digne.

On heurta soudain à la porte cochère.

La rue était remplie de monde ; on entendait les hampes des piques résonner sur le pavé, et la voix grave d'un orateur dominer le tumulte de la foule. Les lueurs des torches rougirent les vitres et le plafond de la salle où le comte achevait son repas.

Annette, qui s'était approchée de la fenêtre, recula en poussant un cri : elle avait reconnu Alain au milieu d'une bande de gens armés.

— Qu'y a-t-il ? dit M. de Benohen avec calme

— Ah ! monsieur, sauvez-vous ! s'écria la femme d'Alain, courant autour de la salle et ne trouvant pas l'issue qu'elle cherchait.

4

. — On vient pour m'arrêter ? reprit le comte dont le visage pâle et serein s'animait d'un sourire sardonique : il est temps que le bourreau me fasse rejoindre mon roi !

. — Monsieur, que dites-vous ? répliqua Annette, qui comprit le danger que courait son maître, sans pouvoir apprécier quelle était la nature de danger que résumait pour elle le retour d'Alain. Venez, il y a une autre porte qui s'ouvre sur la rue voisine, et...

—Non, je resterai, je veux rester ! dit M. de Benohen, qui ne bougeait pas de sa place : je suis las de disputer ma vie à ces assassins, et je n'ai pas peur de la mort.

— Mais votre fils, monsieur le comte ! conservez-lui son père, et fiez-vous à la grâce de Dieu !

. — Mon fils ! dit le comte, qui se leva spontanément et s'élança vers le berceau en couvrant de pleurs et de baisers l'enfant qui dormait.

— Monsieur, les voici ! répétait avec effroi Annette, qui essaya de barricader la porte de la salle à manger, au moment où celle de la rue tombait enfoncée. Fuyez, monsieur ! Alain, Alain, au secours de monsieur le comte !

. Annette fut rudement repoussée par les battants de la porte, qui cédèrent au premier choc.

Elle faillit avoir la tête fendue d'un coup de sabre, que la muraille reçut seule, grâce à la pitié d'un de ces nouveaux venus, lequel enleva dans ses bras Annette presque évanouie, et l'emporta sur le palier, pendant que l'attention des assistants se trouvait dirigée vers M. de Benohen.

Des hommes à figure atroce, coiffés de bonnets de laine rouge et brandissant des piques avaient entouré le comte en dirigeant leurs armes contre sa poitrine, sans qu'il essayât de s'enfuir ou de se défendre.

— Est-ce toi l'ex-comte de Benohen ? lui dit le chef de cette troupe de bandits, avec un effroyable jurement.

— Que me voulez-vous ? répondit le comte sans s'émouvoir et en donnant à son fils un dernier regard.

— Tu auras ton compte demain ; monsieur l'aristocrate, faut pas rire ! reprit en ricanant d'un air bonhomme le chef de ces misérables.

Ce chef se distinguait par sa figure inoffensive, son air niais, et son costume d'épicier dans l'exercice de ses fonctions, c'est-à-dire la veste de laine grise, le tablier agrafé par derrière et la casquette de loutre.

— Je suis prêt à vous suivre ; permettez-moi seulement de donner des ordres à mes gens...

Ohé ! ses gens ! crièrent à tue-tête les témoins de cette scène, éclairée par plusieurs torches, qui ajoutaient une expression infernale à la férocité de ces visages barbouillés de vin et de sang.

— Monsieur a des gens, faut pas rire ! dit le tribun, qui était le loustic de ses soldats. Il n'y a plus de gens en France, mon ami ! Les citoyens qui consentent à servir par manière de commerce sont égaux à leurs maîtres, entends-tu ? et la république a le bras assz long pour distribuer des torgnoles à ces tyrans qui se permettent de taper sur leurs domestiques.

Ah ! repartit en soupirant M. de Benohen, pour qui cette allocution fut un trait de lumière, et qui ne conçut aucun ressentiment à l'égard d'Alain.

— Je t'arrête au nom du tribunal révolutionnaire, où j'ai l'honneur de condamner les aristocrates ! continua l'épicier qui aimait mieux faire usage de phrases que de son sabre civique : je te jugerai demain matin et on te guillotinera le soir, comme un joli garçon.

— Annette ! cria M. de Benohen, qu'une partie de la hideuse escorte entraînait avec des clameurs sanguinaires, tandis que les autres brigands pillaient l'appartement en chantant la *Marseillaise*.

— Monsieur, monsieur le comte ! répondit Annette, accourant hors d'elle-même et s'arrachant des bras qui la retenaient.

— Veille sur mon fils, je te le confie ! lui dit le malheureux père, en passant devant elle.

— C'est un devoir sacré ! murmura-t-elle en lui tendant les bras. C'est la seule réparation qui soit en mon pouvoir ! reprit-elle, avec un sourd gémissement.

— Annette, fais en sorte qu'Alain me pardonne de l'avoir frappé ! cria de loin M. de Benohen, que les brigands prenaient plaisir à maltraiter, en lui reprochant d'avoir porté la main sur un citoyen.

— Et lui, mon Dieu ! qui est-ce qui lui pardonnera ! dit à voix basse Annette penchée sur le berceau de l'enfant, qui s'éveillait en appelant le sein de sa nourrice.

— Ohé ! citoyens sans-culottes ! hurla un des compagnons de l'épicier : que fait-on de cette aristocrate qui voulait nous fermer la porte au nez ?

— Arrêtez-la aussi ! hurlèrent plusieurs de ces bêtes féroces à face humaine.

— Citoyens ! c'est ma femme ! dit Alain en se précipitant entre Annette et les bras nus qui s'étendaient pour la saisir.

— Alain Bouchard ! répliqua-t-elle en l'accablant d'un coup d'œil de mépris qui pénétra comme un remords dans son cœur : vous avez trahi votre maître !

IV

M. de Benohen avait bien jugé d'avance qu'il était perdu ; d'ailleurs, l'épicier Publicola ne lui laissa pas ignorer quel sort l'attendait, en le faisant écrouer à la prison du Luxembourg.

Le lendemain, à dix heures du matin, M. de Benohen comparut devant le tribunal révolutionnaire, qui prononçait des arrêts sans appel, exécutoires dans les vingt-quatre heures.

Il fut accusé de conspiration avec les émigrés, bien que l'accusateur public ne présentât aucune pièce à l'appui de ce réquisitoire, qui amena, comme à l'ordinaire, une condamnation à mort.

L'épicier, qui siégeait sur le banc des jurés prit la parole après l'arrêt prononcé, et déclara qu'il n'avait pas voulu influencer l'opinion

du tribunal en incriminant le ci-devant comte
sur un fait monstrueux, tyrannique et abominable ; mais qu'il se devait à lui-même de dire
que cet ex-comte insultait et frappait ses domestiques comme des nègres.

Un murmure d'horreur s'éleva dans l'audi-
toire, et des cris de mort, des regards enflam-
més, témoignèrent de l'indignation qui s'em-
parait de tous les cœurs, tant la plus vile populace était alors préoccupée de la dignité de
l'homme.

— Aristocrate, lui dit le président du tribunal, si tu avais deux vies à perdre, la seconde
serait également compromise ; car quiconque
injurie un citoyen est coupable envers la République, le citoyen pauvre qui daigne servir
le citoyen riche a des droits sacrés à la reconnaissance et à la fraternité de son patron,
Souviens-toi dans l'autre monde qu'il n'y a
plus de maître en France, et que la liberté
est inaliénable.

— Monsieur, répondit à ce pathos républicain M. de Benohen qui avait refusé de se défendre contre les charges de l'accusation, j'ai
eu le malheur de sortir une fois de mon caractère en me portant à des excès de brutali-
té que je déplore maintenant. Ce fut un moment d'erreur et de colère, je l'avoue ; je voudrais que la personne qui a eu à se plaindre

de moi fût ici devant vous, je lui demanderais de me pardonner.

Un profond gémissement retentit au fond de la salle et attira les huées de la foule en haillons que le tribunal révolutionnaire réunissait à ses audiences.

Si l'on eût découvert l'auteur de cette plainte scandaleuse, il eût été traduit immédiatement à la barre et condamné à gémir sur son propre sort.

Une femme, ou plutôt une furie, qui assistait à la séance, dénonça un chien caniche pour l'interrupteur, et le chien, chassé à coups de pied, se réfugia dans l'enceinte du tribunal, sous la protection de la victime : c'était le chien d'Alain.

L'exécution devait avoir lieu à cinq heures.

Le comte passa les dernières heures de sa captivité et de sa vie en tête-à-tête avec le souvenir de sa femme morte et la pensée de son fils au berceau.

Il faiblit par degrés dans la ferme résignation qu'il avait montrée devant ses juges, il versa des larmes abondantes sur l'avenir incertain de cet enfant qu'il abandonnait à des mains étrangères ; il regretta de mourir sans avoir du moins rencontré un ami qui le remplaçât dans ses devoirs de père.

Mais comment avertir cet ami, en cas qu'il

l'eût choisi entre les gens de sa connaissance?
Comment le voir et l'entretenir, avant de
monter dans la fatale charrette? Comment ré-
gler si vite ses dispositions de fortune ?

Il se sentait seul, privé de tout conseil, loin
de sa famille, entouré d'inconnus qui allaient
périr avec lui, abattu par le spectacle de tant
de douleurs réunies, et ne conservant plus un
rayon d'espoir.

Vers quatre heures, les verroux de son ca-
chot furent tirés, la clef gronda dans la ser-
rure ; il crut qu'on venait le chercher pour le
supplice, et il remercia le ciel de mettre fin
aux tortures morales qui avaient commencé
son agonie.

Mais comme il se préparait à devancer l'appel de son nom, un homme se précipita dans
la prison, et tomba en sanglotant, aux genoux du comte interdit, pendant que la porte
se refermait sur eux.

Le comte crut d'abord que c'était un com-
pagnon de guillotine que lui envoyait le tribunal révolutionnaire, et il s'apprêtait à consoler le nouveau venu, lorsqu'une voix lamentable, entrecoupée de gémissements,
nomma M. de Benohen, qui reconnut Alain
Bouchard, son dénonciateur.

Il recula par un mouvement d'horreur ins-
tinctive ; il étendit les bras pour le maudire ;

mais ce malheureux se traîna vers lui en joignant les mains et en lui criant grâce.

— Ayez pitié d'un grand criminel, monsieur le comte! lui dit enfin son domestique repentant; pardonnez à votre assassin, ainsi que vous le lui avez promis!

— Eh quoi! répondit M. de Benohen avec un accent calme et triste, c'est toi qui m'as livré à mes ennemis? c'est toi qui m'as de la sorte puni de ma confiance et de mes bienfaits? Je ne voulais pas le penser, et je te défendais contre moi-même, en attribuant à la fatalité une arrestation qui devait être pour moi une sentence de mort! Je te l'avais dit souvent, et si quelqu'un m'eût annoncé alors que tu me trahissais, je serais venu me mettre sous ta garde.

— Monsieur le comte, je me suis reproché ma coupable action plus que vous ne le ferez répliqua sans se relever Alain qui baignait de larmes les genoux de son maître: il n'y a pas de termes assez forts pour exprimer ma scélératesse: aussi, j'ai honte de vivre encore à l'heure où je vous parle, et si j'avais eu votre pardon...

— Mon pardon, je te le donne en te demandant le mien! reprit M. de Benohen, qui essaya inutilement de faire asseoir ce malheureux.

— Ah ! monsieur le comte, ne dites pas cela s'écriait Alain en s'arrachant les cheveux et en se frappant la poitrine ; ne m'écrasez pas avec cette généreuse ironie ; ne m'ôtez pas du moins l'excuse de la vengeance et de la plus aveugle fureur !... Vous m'avez frappé, monsieur le comte : je souhaiterais que vous m'eussiez tué !

— Tous les torts sont de mon côté ? repartit noblement M. de Benohen, touché du désespoir de son valet ; si je ne m'étais pas emporté contre toi, tu n'aurais jamais eu le cœur de me dénoncer, n'est-ce pas ? C'est donc moi seul qui t'ai provoqué, et je suis puni de ma propre faute.

— Pour l'amour de Dieu, ne dites pas cela! car je n'aurais plus même l'espoir d'avoir grâce devant Dieu. Je vous remercie de vos suprêmes bontés, et me retire, afin de ne pas offenser plus longtemps votre vue ; je m'abhorrerais moins, monsieur le comte, si j'étais le bourreau de Sa Majesté Louis XVI.

— Alain, où vas-tu ? lui dit d'un ton d'autorité M. de Benohen, qui devina l'intention d'Alain, à ses paroles et à sa contenance : je veux savoir où tu vas !

— A la rivière ! répondit Alain en hésitant à faire un aveu que lui arrachait l'interrogation imposante de son maître.

— À la rivière ! Tu songeais à te détruire, à commettre un nouveau crime, à laisser sans secours ta femme... et mon fils et le tien ! Qu'allais-tu faire, misérable ?

— Je vais chercher le châtiment d'une action exécrable qui m'empêcherait d'avoir désormais un instant de repos ; je vais purger le sang par le sang...

— Tu n'iras pas ! c'est moi, c'est ton maître qui te l'ordonne ! Tu dois vivre, Alain, puisque je t'ai pardonné, puisque je te confie mon enfant, entends-tu, Alain ?

— A moi ! Vous ne craignez pas que je lui sois funeste ? Vous confiez votre fils à votre meurtrier !... Oh ! non, monsieur le comte, cela n'est pas possible. Annette en prendra soin : Annette le conservera comme un dépôt que vous lui avez légué ; elle l'élèvera elle-même, après l'avoir nourri ; elle en fera un honnête homme, un digne seigneur ! Mais moi, monsieur le comte, je ne serai plus là pour lui faire horreur ; il ne me redemandera pas son père... On ne me nommera jamais devant lui.

— Ecoute, Alain ! reprit M. de Benohen, qui parvint à le faire asseoir, faible et tremblant, sur un escabeau. C'est un service, c'est une réparation que j'exige de toi : il faut que tu vives, il faut que tu deviennes le tuteur de mon fils. Puisque je t'ai pardonné, je ne me rappelle plus rien, excepté le service que je te demande et que tu me promets. Je suis condamné à mort, tu le sais : il n'y a ni moyen, ni espoir de me sauver, tu le sais encore ; eh bien ! me voilà prêt à subir mon arrêt, et si je n'avais pas un héritier de mon nom, Alain, je serais satisfait de sortir du monde dans un temps aussi désastreux que le nôtre. Le roi est mort, la plupart de mes amis sont morts, la France nage dans le sang, ce sang ne peut être purifié par la guerre étrangère ; la ruine de mon pays me semble imminente, j'aime mieux n'en pas être témoin ; je mourrai donc avec indifférence, pourvu que tu me jures de veiller sur mon pauvre enfant et de lui tenir lieu de père.

— Je vous le jure, monsieur le comte ! répondit Alain, dont les pleurs étouffaient la voix. J'ai pourtant sollicité votre grâce : l'épicier Publicola, ce monstre à qui je vous dénonçai hier, et que j'estimais à cause de ses vertus civiques, s'est moqué de moi et m'a répliqué en ricanant : que la République avait assez d'appétit pour manger deux aristocrates au lieu d'un !... Mais il y a un expédient qui réussira peut-être ; quand on viendra pour vous emmener, je passerai à votre place et vous passerez à la mienne, ce qui sera facile dans l'obscurité, à la faveur d'un changement d'habits.

— Non, répondit le comte avec une volonté inébranlable. Est-ce pour t'acquitter envers moi que tu cherches à me rendre coupable d'une lâcheté et d'un assassinat ? D'ailleurs, ta mort ne ferait que retarder la mienne de quelques jours ou de quelques heures. Merci, cependant, Alain, merci d'une si noble proposition, qui achève de t'absoudre à mes yeux ! Je t'institue donc tuteur de mon fils ; tu lui donneras une éducation convenable ; mais tu lui cacheras sa naissance jusqu'à l'âge de vingt-un ans ; à cette époque seulement, tu lui rendras mon nom, s'il est digne de le porter sans y faire tache. Prends cette clef, c'est celle d'une cassette qui contient ce que j'ai pu réunir d'argent comptant, lorsque je voulais émigrer en Allemagne ; cette somme te suffira pour mener une existence honnête et pourvoir aux besoins de mon fils. A présent, adieu ! reçois ma bénédiction pour lui ; embrasse-moi, Alain, et prions ensemble une dernière fois.

M. de Benohen et son valet se jetèrent dans les bras l'un de l'autre en confondant leurs larmes, puis s'agenouillèrent, côte à côte et adressèrent au ciel une prière mentale : le père recommandait son fils à la divine Providence ; Alain offrait ses remords à Dieu.

Un affreux bruit de serrures et de ferrements circula dans les corridors où l'on appelait les têtes du jour, dans l'ordre de la liste fatale.

M. de Benohen serra encore sur son cœur Alain, qui n'avait plus la force de le retenir, et qui resta insensible au même endroit, après que la charrette encombrée de victimes et environnée de piques se fut éloignée à travers les rues accoutumées à cette hécatombe journalière.

— Faut pas rire, mon garçon ! dit Publicola en frapant sur l'épaule d'Alain, qui s'éveilla comme en sursaut à la suite d'un horrible cauchemar. Tu n'as plus de maître pour être battu, c'est vrai ; mais te voilà au service du peuple souverain, qui te coupera le sifflet s'il n'est pas content de toi. Prends garde de devenir aristocrate !

V

Alain Bouchard et Annette , se trouvant riches de cent cinquante mille écus que leur avait légués M. de Benohen, retournèrent en

Bretagne avec le fils de leur ancien maître. Ils eurent le bonheur de dérober à tous les soupçons le trésor qu'ils possédaient et qu'ils regardaient comme appartenant à Eutrope.

Ils enfouirent la précieuse cassette, et attendirent une occasion favorable de s'en servir sans être signalés à l'envie de leurs voisins, qui leur supposaient pourtant quelques économies.

Ils s'occupèrent avec zèle de leur pupille Eutrope et de leur fils, qu'ils appelaient Bouchard. Ils leur inspirèrent à l'un et à l'autre des sentiments d'honneur et de vertu ; ils ne les rendirent pas néanmoins plus délicats que des paysans, en leur apprenant des travaux grossiers et en les habituant aux privations ainsi qu'à la fatigue.

Les misères de la Révolution diminuaient de jour en jour ; mais le temps n'était pas encore tranquille ; les hommes n'avaient pas encore assez de probité, pour que les tuteurs d'Eutrope osassent employer la succession de M. Benohen, et s'élever au-dessus de l'état infime dans lequel ils s'étaient réfugiés avec les deux enfants.

Les biens territoriaux du comte avaient été vendus à vil prix, comme domaine national, et payés au gouvernement avec le produit des abattages de bois. Alain ne passait jamais devant la grande porte du château de son maître, sans baisser le front ainsi qu'un criminel et faire le signe de la croix.

Cependant les deux enfants, qu'Alain avait élevés de la même manière, sans aucune distinction qui annonçât la différence de leur naissance, avançaient en âge; ils atteignirent leur onzième année, avant de sortir de la chaumière où ils se croyaient nés l'un et l'autre; car Alain n'avait jamais révélé à Eutrope quel était son père et quelle aurait dû être sa fortune. Il lui avait pourtant dit qu'Annette l'avait nourri sans être sa mère, et que Bouchard n'était pas son frère.

Bouchard et Eutrope ne se fussent pas d'ailleurs soumis aux devoirs affectueux de cette fraternité, qui n'existait pas même dans leurs cœurs; ils démentaient sans cesse l'illusion d'Annette qui aimait à se persuader qu'elle leur avait donné le jour à tous deux, et ils contrariaient par leur désaccord continuel les projets d'Alain qui eût voulu oublier lequel des deux était son fils.

Bouchard et Eutrope étaient en opposition directe sur tous les points, et cette opposition ne paraissait jamais plus vive et plus tranchée, que lorsqu'ils se trouvaient en présence; on comprenait, en les voyant un instant, que nul rapprochement ne pouvait avoir lieu entre leurs natures tout à fait contraires, quoiqu'elles eussent également un fond de qualités excellentes.

L'origine de cet éloignement réciproque n'était peut-être qu'une jalousie d'enfance, commencée sur les genoux d'Alain et dans les bras d'Annette.

La rivalité qui s'éveilla chez ces frères de lait aussitôt qu'ils éprouvèrent la première impression d'un sentiment, ne fit que prendre plus de force et plus d'étendue; c'était une lutte de tous les jours et de tous les moments, parce qu'ils étaient toujours ensemble.

Eutrope était bon et généreux, mais pétulant, emporté et orgueilleux ; Bouchard, avec autant de bonté et de noblesse, avait plus de froideur, plus de modération et plus de modestie.

Eutrope ne voulait rien apprendre, et montrait une ardeur infatigable pour le plaisir ; Bouchard apprenait tout sans maître et sans efforts, à l'aide d'une intelligence et d'une aptitude qui semblaient s'accroître en raison des difficultés.

Eutrope, néanmoins, ne manquait pas d'esprit naturel que le défaut de jugement rendait inutile et même dangereux. Bouchard avait résolu de mettre en pratique ce principe que son père lui enseignait pour unique héritage, à savoir que l'homme doit se faire par le travail une fortune indépendante.

Eutrope, sans connaître quelles ressources subviendraient à ses goûts de dissipation, manifestait une répugnance invincible pour toute espèce de travail, et n'aspirait qu'à la liberté de dépenser son temps en occupations frivoles.

L'un errait à toute heure dans les bois, tendait des piéges aux oiseaux, grimpait aux arbres, volait des fruits en escaladant les clos voisins, sautait sur les chevaux de labour qu'il rencontrait hors de la charrue, galopait à travers les champs ensemencés, houspillait les enfants du village, et se battait intrépidement avec tout ce qui ne pliait pas devant lui.

L'autre cultivait un coin de terre, étudiait les plantes, observait les phénomènes des saisons, lisait des ouvrages d'agronomie, se récréait avec des expériences physiques, et se mettait tout d'abord, par sa conversation sensée et polie, au niveau d'un âge mûr et d'une classe plus élevée.

Le curé et le maître d'école l'avaient pris en amitié et secondaient de leurs lumières ce désir de s'instruire : le maître d'école l'encourageait à se destiner à l'éducation des enfants, et le curé, pour le tenter, promettait de le faire entrer au séminaire. Bouchard ne voulait être que laboureur.

Alain avait à cœur de remplir les dernières volontés de M. de Benohen, il envoya Eutrope au collége de Nantes et garda Bouchard à la campagne, en lui accordant un plus grand espace de terrain pour y faire des essais de culture, et en ne lui refusant aucun des livres qu'il voulait consulter.

Bouchard, dont l'émulation s'aiguillonnait d'elle-même, ne tarda pas à surpasser les connaissances bornées du curé et du maître d'école : on ne s'adressait qu'à lui dans toutes les questions graves d'agriculture, de chimie, de minéralogie et de médecine, tant il était estimé par les gens des communes environnantes, qui, le voyant toujours un livre à la main, le disaient savant comme un livre.

Bouchard, en effet, accrut l'importance du petit domaine de son père et y ajouta des terrains vagues, des marécages et des landes couvertes de genêts, qu'il changea en plaines fertiles ; il fit une ferme de la chétive cabane d'Alain : il eut des vaches, des troupeaux, des valets de labour ; par son activité, son industrie et son savoir, il tira du sol une aisance et bientôt une richesse champêtres, qui améliorèrent beaucoup la position de ses parents, et qui n'étonnèrent personne, parce que tout le monde appréciait la supériorité de ce jeune homme, modèle de piété filiale et de vertu chrétienne.

Alain crut l'occasion opportune pour réaliser un dessein qu'il avait conçu de longue date : le château de M. de Benohen fut vendu par l'acquéreur, qui n'était pas vu d'un bon œil dans le pays, à cause de cette espèce d'usurpation de propriété : Alain l'acheta sous un faux nom, avec une partie de l'argent de la cassette, et fit valoir le reste de cet argent, qui prospéra entre ses mains.

Eutrope approchait alors de sa vingt et unième année.

Mais la brillante éducation qu'il avait reçue à Nantes ne portait pas le fruit que son tuteur en attendait : il s'était fort sobrement nourri de latin, de grec, d'histoire, de géographie et de droit, qui ne lui procuraient que des bâillements d'ennui et qui l'endormaient comme si une influence soporifique s'en fût exhalée : mais il se livrait, en revanche, aux exercices de corps et d'adresse, dans lesquels il excellait : il montait à cheval, faisait des armes, sonnait du cor, tirait le pistolet, dansait, jouait au billard, chantait des romances et pinçait la guitare.

Tels étaient les talents qui enflèrent sa vanité au point de lui faire dédaigner tout ce qui ne l'égalait pas dans ce genre de savoir-faire.

Cette vanité, que rendait insupportable aux autres une capricieuse insolence de ton et de manières. avait encore pour aliment l'avantageuse opinion qu'Eutrope se donnait de sa figure, de sa bonne grâce et de sa toilette.

Ce jeune présomptueux, avec des qualités fort agréables dans la société, était parvenu à se hérisser de défauts, de ridicules et d'antipathies , tellement qu'on le fuyait et qu'on riait de lui. S'il eût été rassuré sur sa naissance, qu'il craignait d'approfondir, il aurait fait tomber encore de plus haut ses mépris et sa fierté ; mais il n'osait manifester des prétentions à la noblesse que devant des roturiers bien avérés.

Il menait cependant le train d'un fils de famille, il consacrait à ses menus plaisirs les revenus que lui payait Alain avec l'argent de la cassette.

Eutrope, élégamment habillé et logé à Nantes, où il était censé faire son droit, avait à souffrir dans la partie la plus vulnérable de son orgueil, lorsque qu'Alain, vêtu de gros drap bleu, coiffé d'un chapeau à larges bords, chaussé de guêtres de toile, ayant une sacoche sur l'épaule et un bâton ferré à la main, venait lui-même apporter la pension de son pupille, avec une provision de noix, de fromage et de pommes.

Eutrope, rouge et embarrassé, répondait à peine aux questions et aux embrassades du vieux paysan breton et se hâtait de le congédier sous le prétexte le moins plausible.

Alain s'apercevait de l'ingratitude de son fils adoptif, et s'y résignait en pleurant, comme à une punition du ciel.

Enfin, quand Eutrope fut majeur, Alain l'appela près de lui, et Eutrope obéit à regret en se promettant bien de s'affranchir de cette tutelle humiliante, dès qu'il serait maître de ses biens et de sa liberté.

Comme il avait retardé de quelques jours son voyage de Nantes, Alain s'était absenté pour achever de mettre en ordre les affaires de la succession de M. de Benohen.

Eutrope, en arrivant à la ferme de son tuteur, ne trouva que la vieille Annette, qui l'embrassa avec des larmes d'attendrissement et Bouchard qui le reçut avec une amicale politesse.

Eutrope répondit froidement et d'un air contraint aux caresses de sa nourrice et aux égards de son frère de lait.

Eutrope, dont la mise soignée et luxueuse ressortait davantage auprès du costume rustique de Bouchard, regardait d'un air dédaigneux les cheveux plats, les gros sabots, la casaque de bure et les guêtres poudreuses de son camarade d'enfance ; celui-ci cependant ne s'était pas encore aperçu qu'Eutrope fût mieux habillé que lui.

Ils allèrent ensemble se promener dans les dépendances de la ferme, et visiter l'exploitation dirigée par Bouchard.

Eutrope écoutait à peine les commentaires agricoles de son guide, effleurant d'un regard distrait les belles plantations qu'il avait sous les yeux, et se plaignant à chaque pas d'être incommodé par une horrible odeur de fumier.

Il adressa, sans y penser, certaines paroles dures et piquantes à Bouchard, qui en rougit et ne les releva pas, mais la conversation, qui languissait entre eux, s'éteignit complétement, et ne jeta plus que des étincelles à de longs intervalles.

Eutrope, qui maudissait tout bas cette promenade pénible à travers des sentiers fangeux et des terres labourées, se trouvait mal à l'aise en présence de ce paysan qui n'ouvrait la bouche que pour le convaincre d'ignorance et lui donner des leçons avec une douceur et une bonhomie plus cruelles que le sarcasme et l'aigreur.

Eutrope évita donc de fournir à Bouchard le prétexte de faire parade de sa supériorité scientifique, et se retrancha dans un silence accompagné de la grimace la plus arrogante.

Bouchard avait sur le cœur un levain de rancune que les souvenirs de leur ancienne mésintelligence ne firent que réchauffer.

Au bout d'un quart d'heure, ils étaient devenus étrangers l'un à l'autre; au bout d'une heure, ils furent rivaux et ennemis.

— Mon Dieu! comment peut-on respirer dans cette puanteur d'eaux croupies et de chanvre pourri? s'écria Eutrope en se bouchant le nez avec son mouchoir parfumé. Mes habits, je gage, conserveront pendant deux jours les miasmes de vos étables et de vos engrais.

— Cette odeur n'est pas des plus agréables, répondit sèchement Bouchard ; mais celle des fleurs la fait oublier. D'ailleurs, la plus belle rose ne peut se passer de fumier, de même que chez les hommes l'esprit a besoin de culture, sous peine de démentir la plus noble origine.

— Je ne sais si des mains calleuses et des cheveux gras ajoutent quelque mérite à l'esprit et même à l'instruction, reprit Eutrope ironiquement.

— On ne vaut que par soi-même, reprit Bouchard, mais non par l'habileté d'un tailleur et d'un perruquier. Tout le monde, avec

de l'argent et quelques soins, se fait un extérieur avantageux et brillant aux yeux de la
mode ; mais tout le monde ne se fait pas, monsieur...

— Qu'est-ce qui s'agite ainsi dans l'eau de
l'étang ? interrompit Eutrope, qui détourna
brusquement un entretien où son amour-propre allait avoir le dessous.

— C'est un poisson qui entraîne une de mes
lignes dormantes, repartit Bouchard en y courant. A coup sûr, ce n'est pas un goujon.

— Voyons-le ! dit Eutrope, qui suivit Bouchard au bord de la pièce d'eau ; ma venue
vous aura porté bonheur et vous ferez une
pêche miraculeuse.

Bouchard avait déjà saisi la gaule que le
poisson prisonnier emportait en essayant de
se dégager de l'hameçon ; il enleva brusquement la ligne et suspendit en l'air une énorme
anguille, qui, en se débattant et en se roulant
sur elle-même, vint à deux reprises fouetter la
joue d'Eutrope sans que Bouchard, tout ab-
sorbé de sa capture, eût songé à faire affront
à son adversaire, et dirigé avec malice contre
lui les élans désespérés de l'anguille.

— Insolent ! cria Eutrope, qui, imputant cet
accident à la méchanceté de son frère de lait,
lui déchargea un coup de canne sur la tête.

Il s'apprêtait à redoubler, lorsque Bouchard,

irrité de cette agression imprévue, lâcha sa ligne et son poisson pour s'élancer et jeter par terre le faible assaillant, qu'il contint immobile et inoffensif.

— Vous m'avez frappé! lui dit-il avec une émotion de colère qui diminuait à chaque mot: vous avez frappé votre frère, Eutrope! que vous ai-je donc fait?

— Bouchard! malheureux! je te donne ma malédiction! s'écria Alain, qui vit de loin son fils tenir en respect Eutrope étendu sur l'herbe; n'imite pas l'exemple de ton père!

Bouchard était rentré dans son calme ordinaire, et avait aidé lui-même Eutrope à se relever, avant qu'Alain, pâle, hors de lui, fût arrivé près d'eux.

Alain se fit rendre compte de l'origine de cette querelle, qu'Eutrope, sombre et furieux, promettait de terminer par un duel à mort.

Bouchard raconta comment le hasard avait changé la queue d'une anguille en fouet de discorde, et comment Eutrope s'était laissé aller à lui demander raison de l'outrage de cet innocent poisson.

Eutrope, de qui la joue bariolée de boue portait témoignage de l'insulte qu'il attribuait à Bouchard, médita une vengeance éclatante en portant des regards de défi à l'offenseur, occupé à chercher dans l'herbe sa complice fugitive ; mais une idée troublait les projets de réparation formés par Eutrope, qui se demandait en lui-même s'il pouvait se commettre, les armes à la main, avec un rustre, et si ce rustre accepterait un cartel.

— Je connais assez Bouchard, dit Alain en faisant asseoir les deux rivaux à ses côtés, pour être sûr qu'il n'a jamais eu l'intention que vous lui supposez, Eutrope ! Je lui ai trop souvent entendu répéter qu'il vous devait, sinon du respect, du moins de la déférence.

— Monsieur Eutrope, reprit Bouchard en lui tendant la main, j'ai été maladroit, voilà tout, et je vous demande pardon pour l'anguille.....

— Je ne vous pardonne pas, interrompit rudement Eutrope ; non-seulement vous m'avez offensé gravement (car je ne reçois pas vos excuses sardoniques), mais encore vous avez eu l'audace d'en venir à des brutalités qui veulent du sang entre gens d'honneur...

— Du sang, ô ciel ! s'écria Alain, à qui ce mot rappela les circonstances de la mort de M. de Benohen. Ecoutez-moi, Eutrope ! Il y avait, pendant la Révolution, un seigneur breton du plus noble caractère et du plus excellent cœur ; il se nommait le comte de Benohen. Forcé d'échapper aux dangers que courait sa tête en Bretagne, il vint se cacher à Paris, avec deux domestiques dévoués qui n'eussent pas balancé à sacrifier leurs jours pour sauver les siens : c'étaient le mari et la femme, tous deux Bretons comme leur maître, tous deux élevés dans la maison. La femme fut la nourrice du fils unique de M. de Bénohen, et elle l'aima comme son propre enfant ; il est vrai que son nourrisson n'avait plus de mère ! Le valet de chambre de M. de Benohen était certes un brave homme, fidèle, religieux, franc, intrépide ; il se serait fait tuer, vous dis-je, aux pieds de son maître ; il eût ôté le pain de la bouche de sa femme, il eût abandonné le fils qu'il avait, afin de défendre et de nourrir son maître...

— Eh bien ! Monsieur, interrompit Eutrope, qui ne devinait pas où tendait ce début, un pareil domestique est bien rare : si vous en trouvez un qui lui ressemble, vous m'obligerez en me l'indiquant. Avant la Révolution, M. Bouchard ne se fût pas permis...

— Un jour, le domestique dont je vous parle avait le cerveau échauffé par le vin, continua d'une voix émue Alain, que la cruelle réflexion d'Eutrope n'arrêtait point dans un aveu prémédité depuis dix-neuf ans ; M. de Benohen, de son côté, était exaspéré par les événements qui se passaient alors ; le domestique se mit à chanter la *Marseillaise*, comme chante un ivrogne, sans savoir ce qu'il disait, M. de Benohen, attiré par ce chant qu'il détestait, ainsi que la Révolution, injuria son domestique, et s'oublia jusqu'à lui donner un soufflet. Ce mauvais traitement, cette injustice causèrent un grand malheur : le domestique alla dénoncer son maître au tribunal révolutionnaire, et M. de Benohen fut condamné à mort !

— Je plains ce malheureux serviteur, dit Bouchard, qui ne soupçonnait pas encore la vérité, car il a dû bien se repentir après !

— Il se repent toujours, reprit sourdement Alain en essuyant ses paupières mouillées, quoique son maître lui ait pardonné en mourant !

— Ce maître-là, répliqua Eutrope avec arrogance, était donc un imbécile ? Pardonner à son assassin ! c'est bon dans l'Évangile.

— M. de Benohen s'accusait d'avoir eu les premiers torts, dit Alain avec dignité ; un domestique, Monsieur, est un homme, et mérite des égards à ce titre... Ce n'est pas que je prétende diminuer le crime de cet infortuné, à Dieu ne plaise ! Quoi qu'il en soit, M. de Benohen eut néanmoins assez de confiance en lui pour le faire tuteur d'un orphelin et dépositaire de la fortune de cet enfant.

— Mon père ! s'écria Bouchard, qui commençait à comprendre, et qui n'eut plus de doute en voyant couler les larmes d'Alain.

— Eutrope, dit Alain, vous avez entendu une histoire qui nous concerne tous les trois; n'imiterez-vous pas la conduite de M. de Benohen? Mon fils a, sans le vouloir, blessé votre extrême susceptibilité, aurez-vous l'affreux courage de vous venger de votre frère de lait?

— Quoi! Monsieur! repartit Eutrope, dans l'âme duquel s'établit une lutte d'orgueil, de joie et de ressentiment: suis-je réellement ce que vous dites?

— Vous êtes l'héritier du comte de Benohen, mon maître et ma victime; j'ai accompli les volontés que votre père m'a prescrites en m'embrassant, après m'avoir pardonné; il m'a remis cent cinquante mille écus, que j'ai doublés par diverses opérations que Bouchard secondait et que le ciel a favorisées; ces trois cent mille francs vous appartiennent. J'ai racheté le château de vos ancêtres, et vous en serez possesseur pour le léguer à vos enfants. Vous voilà riche, Eutrope, vous voilà noble, vous voilà content!

— Ah! Monsieur, s'écria Eutrope attendri, vous avez été mon second père!

— N'était-ce pas pour moi une obligation de vous rendre celui que je vous avais ravi? répondit Alain, qui pleurait à ce souvenir.

— Eutrope! au nom de votre père! embrassons-nous ! dit Bouchard en ouvrant les bras à Eutrope, qui s'y précipita.

— Maintenant, mes enfants, reprit Alain en branlant la tête, prenons chacun le rôle qui nous convient : Bouchard restera fermier des terres qu'il a défrichées, il s'est choisi lui-même cette honorable existence; vous, Eutrope, vous serez ce qu'était M. de Benohen, puisque son château et une partie de ses biens vont retourner dans vos mains ; quant à moi, je veux être votre domestique.

—Mon ami, mon guide, mon protecteur ! dit Eutrope avec effusion ; je vous dois tout, Alain !

— Non, Eutrope, rien que votre domestique. Je me figurerai que je sers encore votre pauvre père, et je parviendrai peut-être à étouffer mes remords. En tout cas, ce sera une expiation, et je prouverai par là combien je chéris et vénère la mémoire de mon ancien maître.

Alain devint le majordome du château de Benohen, malgré les efforts d'Eutrope pour lui faire prendre une condition moins humble et plus convenable.

Bouchard, à l'aide de ses connaissances et de son talent infatigable, acquit autant de considération que de fortune, et se plaça au premier rang des agronomes de la Bretagne.

Mais Alain, qui était le conseiller, et, pour ainsi dire, l'ange gardien d'Eutrope, porta la livrée jusqu'à sa mort, et se fit une douce illusion de servir le fils comme il eût servi le père, avec même respect et même dévouement. Il se persuada enfin que M. de Benohen lui avait pardonné.

LE SECRET DE LA CONFESSION

1740

Ce n'était pas un jour férié dans le calendrier, ni solennisé par l'obituaire de la paroisse, ni destiné à quelque cérémonie d'église, baptême, mariage ou enterrement : M. Jornand, curé du village de Sainte-Geneviève-des-Bois, aux environs de Paris, avait donc pu dire sa messe au point du jour et sortir de son presbytère, un livre à la main, pour respirer les fraîches exhalaisons d'une matinée de printemps en se promenant seul dans la forêt de Séquigny, qui couvrait alors le territoire de ce village et de plusieurs petits hameaux.

Cette forêt, dont le gruyer ou garde général était à la nomination du roi, appartenait à diverses communautés religieuses et à des particuliers, propriétaires la plupart des anciens fiefs que la munificence des rois de France avait multipliés à l'infini dans le doyenné de Montlhéry.

M. Barbot de Moranges, seigneur de Launay-Saint-Michel, possédait une portion considérable de ces bois, pour lesquels il se sentait touché d'une si grande vénération, qu'il ne voulait pas en faire couper un arbre. Un tel respect prenait sa source dans les traditions historiques qui représentaient ces bois comme le temple des Druides, la retraite de sainte Geneviève et le théâtre des chasses de Hugues Capet : ce roi en avait, disait-on, percé les routes ; la sainte y avait laissé une fontaine miraculeuse, et les prêtres de Teutatès y avaient marqué leur passage par des pierres-levées.

M. de Moranges eût consacré toute sa fortune à sauver de la cognée les chênes séculaires qui ombrageaient les domaines de ses voisins ; mais son fils, moins enthousiaste des souvenirs mérovingiens, s'opposait à des marchés onéreux auxquels les revenus du fief de Launay n'auraient jamais suffi : le religieux protecteur de la forêt de Séquigny passait sa vie à compter ses arbres, à les mesurer et à interroger ces silencieux contemporains des temps d'autrefois.

M. Jornand s'achemina lentement, appuyé sur un gros jonc à pomme d'argent, vers un endroit solitaire de la propriété de M. de Moranges, que celui-ci avait intitulé pompeusement : *Rendez-vous de chasse de Hugues Capet* ; bocage naturel formé de vieilles souches à demi pourries, entre lesquelles s'élançaient des bouleaux remarquables par leurs troncs droits et arrondis comme des colonnes de marbre.

Deux grands chênes noueux et moussus étendaient leurs immenses ramures au-dessus d'une roche de figure singulière, au centre de laquelle la main de l'homme semblait avoir creusé un siége rustique. C'était là que M. de Moranges aimait à s'asseoir en rêvant que le chef de la troisième race des rois de France s'était peut-être reposé à la même place.

Ce fut là aussi que le curé s'arrêta pour continuer sa lecture ou plutôt sa méditation, tout en écoutant le rossignol et en s'enivrant des parfums de la végétation nouvelle.

M. Jornand était un jeune ecclésiastique de mœurs douces et honnêtes, d'une éducation soignée, d'une conduite modeste autant que régulière ; son caractère timide et probe, simple et indulgent, se peignait dans ses traits, où respiraient la candeur et la bonté évangélique ; sa figure pâle ne perdait son immobilité que pour sourire avec une expression de béatitude céleste ; mais on voyait sur sa physionomie calme et uniforme qu'aucune passion ne se cachait dans son âme aussi pure, aussi muette que celle d'un enfant.

Il mettait, dans l'exercice de la charité et des vertus chrétiennes, tout ce qu'il avait de chaleur au cœur, car il aimait la religion comme il eût voulu la faire aimer à ses paroissiens ; il la pratiquait sans ostentation et sans fanatisme ; il ne s'attachait pas exclusivement aux rites, aux formules, en un mot à la *lettre morte* de cette religion qui trouve son plus beau rôle dans le soulagement des misères humaines : aussi, sa piété était-elle moins apparente aux yeux des faux dévots, qui sacrifient volontiers une bonne action pour une messe, et qui estiment le mérite d'un catholique en raison de ses jeûnes et de ses oraisons.

A cette époque où Voltaire et ses partisans faisaient une guerre acharnée à la religion chrétienne, une des accusations les plus banales qu'on pût soulever contre un homme tolérant était de l'envelopper dans la secte des *philosophes* : or, comme M. Jornand prêchait toujours la morale de préférence au dogme, il était en odeur de *philosophie* dans sa cure et à six lieues à la ronde ; ses ennemis (un curé de village a plus d'ennemis qu'un procureur du roi) le dénoncèrent même à l'archevêque en l'accusant de dépêcher la grand'messe du dimanche et de sauter une ou deux antiennes aux offices carillonnés !

Ce digne curé n'était pas indifférent aux jouissances suaves et paisibles que donnent l'étude et la contemplation de la nature : il s'occupait de botanique et de minéralogie ; il admirait le Créateur dans la création ; il reconnaissait la main de Dieu aux veines d'un silex et aux étamines d'une plante ; il cherchait la solitude des bois pour s'entretenir avec l'auteur de ces merveilles incompréhensibles.

Personne, dans le pays, n'était capable d'apprécier l'objet louable des promenades journalières du philosophe, que les paysans regardaient avec défiance, les bourgeois campagnards, avec haine et mépris : quelle apparence, pour ces esprits mesquins ou grossiers, qu'un curé allât le matin herboriser par la plaine, et le soir entendre chanter le rossignol dans les bois ?

Les maisons et les châteaux des environs étaient fermés au digne pasteur, qui souffrait patiemment ces injustices, et ne fréquentait que M. de Moranges, parce que ce dernier,

très-ignorant malgré ses prétentions d'anti-
quaire, était bien aise de fortifier ses opinions
et ses systèmes en attirant à soi quelques lambeaux de l'instruction de M. Jornand.

Le curé visitait donc souvent la forêt de Séquigny en compagnie de M. de Moranges, qui
ne lui faisait pas grâce d'une racine ni d'un
caillou. Sa complaisance et sa douceur l'ai-
daient à supporter l'ennui d'un bavardage creux
et même ridicule, débité d'un ton d'empereur
romain ; il était encore contraint de dîner et de
déjeuner à Launay-Saint-Michel, toutes les fois
qu'il ne pouvait prétexter quelque devoir de
son état pour se dispenser d'accepter une politesse que lui rendait pénible la présence du
fils de M. de Moranges, jeune homme rempli
de malveillance pour les prêtres en général,
espèce d'esprit fort sans critique et sans jugement, sans égard et sans usage du monde.

Madame de Moranges, au contraire, était
une dévote crédule et rigoriste, qui eût avec
une grande joie reçu à sa table un ministre
des autels, s'il avait montré plus de supersti-
tion dans ses idées et plus de sévérité dans
son extérieur ; elle ne concevait pas un prêtre
botaniste, qui lisait l'Évangile plus volontiers
que son bréviaire.

Quand M. Jornand eut déposé la canne dont
il aidait sa marche et se fut assis sur un épais

tapis de mousse semée de liserons, il resta pensif et distrait, les yeux baissés vers une fourmilière en activité, qu'il rencontra sous ses pieds ; puis, il leva ses regards en haut pour bénir l'intelligence suprême qui dirige les travaux des fourmis de même que ceux des hommes.

Il ne prit pas garde à un tas de feuilles et de branches fraîches provenant de l'abattage de plusieurs arbres, sciés à fleur de terre, qu'on avait emportés en les traînant à travers les halliers, où l'on apercevait les traces de ce passage aux ouvertures des fourrés et au désordre des lierres arrachés sur le sol.

Il avait dans l'âme une disposition volontaire à la tristesse, produite par la lecture de la Passion de Jésus-Christ : néanmoins il reprit sa lecture à haute voix, en l'interrompant par intervalles pour jeter un coup d'œil d'intérêt et d'amiration sur les bataillons de fourmis occupées à voiturer leurs œufs et leur butin.

« Jésus s'en alla prier une seconde fois en disant : « Mon père, si ce calice ne peut passer » sans que je le boive, que votre volonté soit » faite ! »

— O mon Dieu ! s'écria-t-il avec émotion, tu nous ensignes, par l'exemple du jardin des Olives, à souffrir ici-bas ! Mais pourquoi le

cœur de l'homme est-il gâté d'imperfections et
de vices, lorsque la nature est si belle et si
parfaite? L'homme fut créé à ton image, avant
que le péché lui eût ôté cette ressemblance qu'il
ne retrouvera qu'en rentrant dans ton sein;
l'homme a besoin de souffrir pour s'épurer,
pour se rapprocher de toi : chacun doit faire
aussi sa passion et subir l'épreuve des larmes.
Et moi, je n'ai encore senti que des joies en
t'adorant dans tes ouvrages.

— Qu'est-ce que vous faites donc là, monsieur le curé? cria de loin avec un accent in-
quiet M. de Moranges, qui errait comme un
loup dans les broussailles.

— Je vous salue, monsieur, dit le prêtre
en se levant et en allant au-devant de son interrupteur; je suis heureux de vous voir mieux
portant.

—Mais avec qui parliez-vous, s'il vous plaît?
demanda M. de Moranges en cherchant quelqu'un autour de M. Jornand, qu'il s'étonna de
voir seul.

—Je lisais ce livre sublime? répondit le curé,
qui avait rejoint le vieillard.

—Ah ! le coquin ! reprit vivement M. de
Moranges revenant à l'idée qui l'obsédait. L'infâme ! si je l'avais surpris en flagrant délit, je
l'aurais tué ! Oui, monsieur, je l'aurais tué. Il
y a des scélérats qui se font un jeu des choses

les plus saintes, et qui sont sans pitié. Avouez qu'il faut être sans pitié ?

— Vous êtes bien échauffé, monsieur, mais j'ignore absolument ce qui vous fâche.

— Ce qui me fâche ? répliqua M. de Moranges avec emportement : dites ce qui me désole, ce qui m'indigne ! Vous avez vu ce beau chef-d'œuvre ?

— Quel chef-d'œuvre ?

— Vous ne le voyez pas ?

— Je ne sais ce que vous voulez dire, monsieur. Vous étiez malade, d'après les nouvelles que j'ai fait prendre chez vous...

— Maudite maladie ! trois jours seulement j'ai gardé la chambre, rien que trois jours ! pendant ce temps-là, on me vole, on m'assassine...

— Qu'est-il arrivé ? interrompit le curé craignant d'apprendre quelque malheur.

— Un lâche gredin a coupé mes arbres ! voilà mon bois mutilé ! N'est-ce pas un acte de vandalisme ? Quinze, monsieur ! je les ai comptés.

— En effet, dit M. Jornand qui s'aperçut enfin que des arbres avaient été enlevés ; c'est sans doute un malheureux qui manquait de bois.

— Est-ce une excuse, cela ? le bourreau ! Avoir profané mon *Rendez-vous de chasse de*

Hugues-Capet! Bon, s'il manquait de bois, il n'avait qu'à le dire : on ne lui eût pas refusé un fagot à Launay ! mais me prendre mes arbres, mes plus précieux, mes plus anciens, quelle barbarie !

— Je partage votre contrariété, monsieur, et je plains la personne qui s'est rendue coupable d'un pareil acte...

— Je le ferai pendre, le Welche !

— Oh ! monsieur, je vous conjure de ne point découvrir l'auteur de ce vol ; les lois sont si sévères...

— Pas assez, monsieur, pas assez sévères ! mes arbres devraient être respectés comme des reliques, des arbres qui ont vu peut-être Jules-César et Vercingetorix ! J'aimerais mieux, moi, mourir de froid, que d'en brûler un ! C'est un crime abominable, monsieur !

— Pardonnez, monsieur, à l'infortuné qui ne savait pas vous causer tant de peine ; et, si ce sont des méchants qui ont fait ce coup pour vous affliger, pardonnez-leur encore ; car le remords qu'ils auront de leur péché ne les en punira que trop.

— Vous avez raison, l'envie de me nuire et de me chagriner a peut-être conseillé cette méchanceté. Oh ! dans ce cas, je serais impitoyable !

M. de Moranges poussa un soupir et une

malédiction en remarquant dans l'épaisseur du taillis une nouvelle victime qu'il n'avait pas comptée, un magnifique frêne couché par terre et enterré sous les feuilles mortes, qui ne le déguisaient point assez pour que l'œil du maître y fût trompé. Il leva les mains au ciel comme pour le prendre à témoin de cette iniquité ; et, repoussant avec le pied les feuilles entassées sur l'écorce blanchâtre de l'arbre, il considéra ce meurtre avec une profonde indignation.

M. de Moranges avait au moins soixante ans, comme le témoignaient ses rides, son branlement de tête et son crâne chauve : il était de taille médiocre et d'une nature débile ; son air, ouvert et avenant, se transformait en grimace maussade et colérique ; ses petits yeux bordés d'écarlate, nageaient dans un nuage de larmes, prêtes à s'échapper goutte à goutte : il grinçait des dents et mordillait sa langue en ruminant une vengeance égale au tort qu'on lui avait fait. Cependant les paroles de paix, prononcées avec persuasion par le curé, assoupirent un peu cette humeur vindicative.

— En voilà seize ! s'écria M. de Moranges en gémissant ; seize arbres, dont le plus jeune avait un siècle ! c'est un meurtre, un guet-apens.

— Vous ne soupçonnez personne ? demanda

M. Jornand, qui connaissait la cruauté des lois forestières, et qui tremblait de ne pas réussir à empêcher la poursuite de ce délit.

— Je ne soupçonne pas, je suis sûr ! reprit le propriétaire, dont l'irritation renaissait à chaque instant.

— Sûr, monsieur ! gardez-vous bien de dire cela, si vous n'avez pas vu de vos propres yeux...

— Vu couper mes arbres ! je n'aurais jamais pu voir cela sans m'y opposer, les voleurs eussent-ils été cent et armés ! Qu'ils y reviennent maintenant !

— Ce sont sans doute des malfaiteurs d'un autre canton, car les gens du pays...

— Les gens du pays sont des pillards comme tous les paysans du monde !

— Monsieur, vous ne le pensez pas, et vous seriez désolé qu'on vous entendît... Mais sur qui donc se portent vos soupçons ?

— Sur le journalier Bénard, de Long-Pont.

— Bénard ! reprit M. Jornand, qui répéta ce nom avec une douloureuse expression. Quelle preuve ?

— Mille, outre sa méchante réputation. Vous savez qu'en cédant au seigneur de Sainte-Geneviève-des-Bois un quartier de vigne pour agrandir sa garenne, je lui ai prescrit, comme redevance, de faire dire dans la chapelle de son

château une messe annuelle à la mémoire du
roi Hugues Capet?

— Le pauvre diable de Bénard ne se soucie
pas de Hugues Capet, je vous affirme.

— Il a pourtant dit au marché de Linas que
je gagnerais plus d'indulgences à mettre mes
bois en coupes réglées au profit des indigents.
Est-ce clair cela?

— Ce qui est plus clair, monsieur, c'est que
cet homme m'a vendu hier une demi-corde de
bois fraîchement coupé...

— Vous auriez bonne grâce à le défendre à
présent! Vous reste-t-il des doutes, monsieur
le curé?

— Hélas! non, monsieur; mais vous n'abu-
serez pas de ma confidence. Bénard a ses deux
enfants malades, il est sans ouvrage, et il boit
toujours : ce n'est point un criminel endurci,
ce n'est pas même un méchant homme; c'est
l'ivrognerie qui le perd; car, hors de là, il a
des sentiments de religion et de probité...

— Mensonges, mensonges, monsieur! voilà
comme il fait des dupes, et, pendant ce temps,
il vient la nuit voler mes arbres!

— Je vous jure, monsieur, qu'il a des droits
à votre pitié; je l'ai vu hier, vous dis-je; il
pleurait; il m'a dit qu'il n'avait pas de quoi
prendre, chez l'apothicaire, les drogues ordon-
nées pour ses enfants; qu'il mangeait avec sa

femme des pommes de terre au lieu de pain ;
qu'il se jetterait dans la rivière, s'il croyait pouvoir le faire sans offenser Dieu. Je le détour-
nai de ce dessein, je lui remis quelque mon-
naie, qu'il accepta en gémissant...

— Tenez, monsieur le curé ? interrompit
M. de Moranges, qui, attendri par le tableau de
cette misère, tira sa bourse et la glissa dans la
main du prêtre : vous lui donnerez ceci, sans
lui dire que c'est de ma part ; racontez-lui comment ces arbres ont quelque chose de sacré...

— Lorsque je lui eus donné cet argent, il
me pria d'acheter un peu de bois qu'on lui
avait laissé couper dans la paroisse d'Ormoy.

Je ne lui fis aucune objection là-dessus, et
payai ce bois, qui me sembla vert, et qu'il déchargea lui-même dans ma cour. Vous repren-
drez ce bois...

— Que m'importe ce bois, monsieur le
curé ? si vous me rendiez mes arbres tout
plantés, ici, là, comme ils étaient, oh ! alors,
je vous remercierais avec transport !

— Ne pensez plus à vos arbres, si vous m'en
croyez : faites ce sacrifice à Dieu, qui vous
récompensera au centuple, et qui déjà vous
procure le bonheur d'une action charitable...

— Silence ! voici mon fripon qui revient : je
vais lui donner une chaude alerte !

— Que prétendez-vous faire, monsieur ?

— Me cacher, et surprendre mon homme.

— Ne lui avez vous pas pardonné ?

— Je ne le maltraiterai point ; mais je veux le corriger de telle sorte qu'il s'en souvienne, vécût-il cent ans !

— Je vous blâme, monsieur, de tendre un piége à ce pauvre Bénard ; l'humanité vous commande plutôt de ne pas lui laisser le temps de faire le mal.

— J'ai mon projet. Retirez-vous, monsieur le curé. Vous voyez que je suis de sang-froid, et que je ne songe pas à tourmenter cet homme ? Je vous prie de prendre les devants, et d'aller à Launay, où nous déjeunerons ensemble. Je vous rejoins dans un quart d'heure, quand j'aurai tancé mon destructeur d'arbres.

— Je vous obéis, monsieur de Moranges, et j'approuve votre dessein ; d'ailleurs la leçon sera plus profitable si le coupable se trouve seul, face à face devant vous.

— Surtout, ne manquez pas de me précéder au château ; je vous conterai le résultat de ce qui va se passer. Eloignez-vous, de peur qu'il ne vous aperçoive et s'enfuie.

Ce dernier dialogue avait été échangé à voix basse, de manière qu'il ne parvînt pas à l'oreille de Bénard, qui s'avançait dans les buissons en écartant les branches avec précaution ; mais, quoi qu'il fît pour dissimuler son appro-

che, il était trahi à chaque pas par le bruit de
la feuillée qu'il ébranlait, par le craquement
des débris végétaux qu'il foulait sous ses sou-
liers ferrés. M. de Moranges ne l'avait pas
même entrevu dans le lointain des broussailles,
lorsqu'il le devina aux allures de sa marche
craintive, qui ressemblait au glissement d'une
couleuvre.

Le curé, convaincu des intentions bienveil-
lantes de M. de Moranges, ne voulut pas être
un obstacle à la leçon que Bénard avait méritée :
il eut bientôt atteint la lisière du bois, où il
s'oublia en herborisant et en examinant des
plantes médicinales.

M. de Moranges, tout à fait calmé par l'influence pacifique du prêtre, ne pensait plus à
donner des suites sérieuses à un vol sollicité
par la faim et le désespoir. Il eut toutefois la
curiosité d'épier jusqu'à quel point le voleur
était digne de pardon; et il s'accroupit derrière
le rocher de Hugues Capet.

Sa robe de chambre à ramages fond jaune
se confondait avec la couleur de cette pierre
et des souches qui le cachaient entièrement.
Il attendit en silence, regardant de tous ses
yeux, écoutant de toutes ses oreilles. Bénard
parut enfin. C'était un homme grand, maigre et
vigoureux, d'aspect rébarbatif et repoussant ;
mais, à le considérer de près avec soin, on

distinguait plus de stupidité que de malice dans ses gros yeux à fleur de tête, dans sa large figure plate et dans sa bouche béante, débordée par des dents pointues comme des défenses de sanglier. Sa chevelure crépue, sa barbe longue, sa hideuse malpropreté, ses vêtements en lambeaux, produisaient un sentiment de crainte plutôt que de pitié sur les personnes qui le voyaient pour la première fois.

D'ailleurs, il évitait la présence des habitants de Longpont et de Sainte-Geneviève-des-Bois, comme s'il eût rougi de sa pauvreté; et il vivait oisif, renfermé dans une misérable cabane avec sa femme et deux petits enfants, sinon errant parmi les bois où il exerçait, disait-on, le braconnage.

Le curé était le seul être au monde en qui Bénard eût confiance, parce qu'on ne le chassait pas du presbytère avec des injures et des menaces comme on faisait des maisons du village où les chiens même aboyaient à sa vue; mais les observations de M. Jornand étaient oubliées aussitôt qu'entendues, et ses aumônes ne servaient qu'à encourager les habitudes vicieuses et fainéantes de cette espèce de paria, qui conservait pourtant de la reconnaissance envers son bienfaiteur.

Bénard s'arrêta plusieurs fois pour s'assurer qu'on ne l'observait pas, et que ni chiens ni gardes-chasse ne veillaient à l'entour ; puis, il se traîna doucement, sur les pieds et sur les mains jusqu'à un gros charme dans le tronc duquel une scie était profondément engagée, et, arrivé là, il se mit à l'œuvre en conduisant l'instrument avec tant d'adresse, que le bruit ressemblait à un cri de geai, ou bien au grattement du pivert contre une écorce. Peu à peu il activa le mouvement de la scie, et finit par s'isoler entièrement dans son travail, sans entendre marcher à côté de lui.

Ce spectacle du larcin, consommé sous les yeux de M. de Moranges, frappa d'abord ce dernier d'une sorte de stupeur, qui fut suivie d'un accès de rage : il porta la main à des pistolets qu'il avait pris à tout événement ; mais il ne les arma pas, et, se souvenant des promesses d'indulgence faites aux prières du curé, il résolut de contenir sa fureur.

Cependant il n'eut pas la force de supporter plus longtemps ce grincement de scie qui lui déchirait l'âme : il se releva brusquement, courut droit à Bénard, le saisit par derrière, et l'attira, tout tremblant, hors du taillis, jusque dans l'espace vide du *Rendez-vous de chasse de Hugues Capet*.

Le malfaiteur fut si troublé de cette apparition, qu'il n'opposa aucune résistance, et n'essaya pas de retirer sa scie enfoncée dans l'arbre ; il proféra seulement une exclamation suppliante, et joignit les mains, en pliant les genoux qui se dérobaient sous lui ; son visage exprimait une terreur hébétée, qui fit bientôt place à une arrogance brutale et audacieuse.

— Brigand ! criait M. de Moranges en le secouant par la manche : voleur ! ah ! c'est toi qui me coupes mes arbres ! tu me le paieras, vieux coquin !

— Mon bon monsieur ! répondit Bénard, qui était encore indécis sur la manière dont il devait se tirer de ce mauvais pas : grâce, mon digne seigneur !

— Point de grâce pour des malheureux comme toi ! Tu assassines mes arbres, drôle ! il ne te reste plus qu'à m'assassiner moi-même !

— Je suis si pauvre, monsieur ! je n'avais pas mangé depuis deux jours, ma femme et mes enfants aussi !

— Ta femme ne vaut pas mieux que toi, coquin ! c'est-elle qui t'a donné un coup de main pour enlever mes arbres pendant la nuit ?

— Eh ! monsieur, vous en avez tant ! reprit vivement Bénard, qui s'aperçut que M. de Moranges était seul : je n'en ai pris que dix-huit ; ça ne paraît pas !

— Dix-huit ? scélérat ! moi qui n'en comp-

tais que seize ! Tu seras pendu, à cet endroit
même !

— Pendu ! s'écria Bénard, qui, d'une vigou-
reuse secousse, s'arracha des mains de M. de
Moranges, et se posa hardiment devant lui en
frémissant de colère.

— Oui , pendu comme un chien ! repartit
d'un air courroucé M. de Moranges, que n'inti-
mida pas la contenance de cet homme. Le
bailli t'enverra en prison aujourd'hui même.

— Je me moque du bailli et de vous ! s'écria
Bénard, qui croyait imposer par son assurance
effrontée au signeur de Launey.

— Ah ! tu me défies, scélérat ! dit M. de Moranges, en montrant ses pistolets.

— Si vous me dénoncez en justice, je mets
le feu à vos bois ! s'écria Bénard, dont l'im-
pudence augmentait dans la proportion de sa
colère.

— Le feu à mes bois ! répéta le propriétaire,
effrayé de cette menace.

— Et à votre château !

— Je vais te mener moi-même chez le bailli.

— Vous ! répliqua dédaigneusement le va-
gabond en cherchant du regard un bâton ou
bien un caillou pour s'en faire une arme.

— A l'instant ! dit M. de Moranges qui bra-
qua ses pistolets sur lui : marche devant ! Si
tu fais mine de t'échapper, tu es mort !

indigne de vivre! Je suis... O mon Dieu! mon Dieu!

— Mon ami, reprit le curé qui attribuait ces angoisses à un repentir plus vrai et plus durable qu'à l'ordinaire, mon cher Bénard, remettez-vous! la clémence du ciel est plus grande que la perversité des homme : votre péché est déjà presque effacé par vos larmes!

— Quoi! monsieur, s'écria Bénard en levant son visage bouleversé vers ce consolateur inattendu, vous croyez que Dieu pourra me pardonner jamais?

— Dieu vous pardonne, mon fils; Dieu vous ouvre ses bras; Dieu vous bénira, si vous persévérez dans la pénitence.

— Et les hommes, monsieur, me pardonneront-ils?... Il l'a dit : je serai pendu!.... Je ne savais pas ce que je faisais!

— Tout le monde ignorera ce qui s'est passé; M. de Moranges assoupira cette affaire, et vous ne serez pas inquiété, je vous en réponds.

— Monsieur le curé, voulez-vous me confesser? dit Bénard, qui mit une sorte de solennité dans cette brusque demande.

— Vous confesser? Ici?

— Ici même! sur-le-champ! reprit Bénard agenouillé dans la posture humble et recueillie d'un pécheur plein de foi et de contrition.

— Quelle est votre idée ? Je vous confesserai volontiers, et vous donnerai l'absolution ; mais venez, pour cela, me trouver à l'église demain.

—Demain !... Je vous conjure de ne pas me refuser, monsieur le curé. Figurez-vous que je vais mourir tout à l'heure, et que j'ai besoin de me réconcilier avec le bon Dieu !

— Je ne puis vous refuser , Bénard ! dit M. Jornand, qui soupçonna pour la première fois une cause plus grave au trouble intérieur de cet homme, et qui frissonna d'un pressentiment qu'il avait éprouvé dans la lecture du récit de la Passion. Cependant je ne me rends pas compte de cet étrange désir ?

— Vous êtes si bon, monsieur le curé, que vous me confesserez en apprenant que c'est me sauver la vie !

— Dites votre *Confiteor*, mon enfant, et accusez-vous des péchés que vous avez commis, pour que je vous les remette au nom de Dieu.

— J'ai commis un assassinat ! dit d'un accent étouffé Bénard, qui se sentit soulagé par cet aveu.

— Un assassinat ! s'écria le prêtre en joignant les mains et en reculant avec anxiété.

— Je l'ai tué ! reprit Bénard, dont l'esprit

borné regardait la confession comme un privilége d'impunité.

— Qui as-tu tué, malheureux ?

— M. de Moranges, répondit froidement Bénard.

Le curé faillit s'évanouir à cette horrible révélation ; il porta la main à ses yeux et garda un silence lugubre, durant lequel il éleva au ciel une prière mentale pour l'âme du mort. Son premier mouvement avait été de s'emparer de l'assassin ; mais il se rappela que le secret de la confession protégeait ce criminel prosterné devant lui, et il rassembla toute sa puissance morale pour accomplir un ministère de paix et de pardon, tandis que le sang fumant de la victime criait vengeance.

Bénard s'était tranquillisé après l'aveu de son crime, comme si le confesseur avait mission de le défendre contre la justice humaine.

— Vous avez tué M. de Moranges? dit M. Jornand, qui s'efforçait de douter d'un forfait inexplicable pour lui. Est-il vrai que vous ayez fait cela ?

— Oui, monsieur le curé. J'étais un peu en train pour avoir bu plus que ma soif ; M. de Moranges m'a cherché querelle, je ne sais pourquoi : j'ai tenu bon. Il a tiré des pistolets pour me brûler la cervelle ; mais, le coup ayant manqué, je l'ai frappé avec un bâton : il est tombé, et je crois qu'il est mort.

— Toujours une faute engendre une autre faute ; un crime, un autre crime ! Vous aviez encouru le châtiment des voleurs, vous méritez celui des meurtriers.

— On ne m'a pas vu, monsieur le curé ; on ne saura pas que c'est moi qui l'ai tué. Vous ne me trahirez point, vous à qui je me confesse ?

— Je prierai pour vous, quoique vous soyez bien coupable ; quoique vous apparteniez désormais à la loi. Espérez pourtant dans la miséricorde de Dieu.

— Que me conseillez-vous de faire ? faut-il quitter le pays ? C'est un coup de maladroit, voilà tout, mais les gens de justice n'écouteront pas mon excuse...

— Je vous plains, Bénard, et je voudrais pouvoir vous faire échapper au sort qui vous attend. Retirez-vous, et tremblez qu'on ne vous découvre !

Bénard interpréta ces paroles chrétiennes dans le sens d'une absolution complète, et remerciant le curé comme un sauveur, il se hâta de sortir de la forêt, et de regagner sa cabane par des sentiers détournés, où il ne rencontra personne.

M. Jornand, amèrement préoccupé de la

triste nouvelle qu'on lui avait donnée sous le
sceau de la confession, ne songea point aux
dangers qu'il affrontait en allant sur le lieu du
crime. Il était animé par l'espoir de ramener
à la vie M. de Moranges ; mais cet espoir s'é-
vanouit dès qu'il eut visité le corps et la blessure : la peau était glacée et le cœur ne battait
plus. Il essaya pourtant de ressusciter ce cadavre en lui soufflant dans la bouche, en lui
frottant les mains, en lui mouillant les tempes
avec un peu d'eau conservée dans le creux du
rocher. Il s'adonnait avec tant de zèle à ces
vains efforts d'humanité, qu'il ne s'aperçut
pas que le pan de sa soutane trempait dans le
sang.

Quand il fut bien convaincu que M. de Moranges ne rouvrirait pas les yeux, il vint à
penser que, seul auprès de ce corps ensan-
glanté, on le prendrait pour l'assassin. Cette
idée lui inspira une frayeur panique, et il s'é-
loigna rapidement, comme eût fait le véritable
criminel.

La réflexion calma cette frayeur, quand il
n'eut plus sous les yeux l'aspect du crime. Il
balançait entre mille résolutions avant de
choisir le parti qu'il avait à prendre : il se
persuada que son rôle de prêtre lui prescrivait
de taire ce qu'il avait appris par la confession,
et qu'il devait attendre que la vérité se fît jour

d'une autre manière ; mais, sachant qu'il y avait une veuve et un orphelin à consoler avec les secours de la religion, il se détermina, malgré sa répugnance et son embarras, à s'en aller au château de Launay.

Par moments, il se représentait que la médecine viendrait peut-être à bout de rendre M. de Moranges à sa famille, et qu'il avait alors de graves motifs pour avertir les gens de l'art. Ce nouveau projet avait presque prévalu, quoique la mort de M. de Moranges ne fût que trop certaine, quand il entra dans la cour du château.

Madame de Moranges, impatiente de la longue absence de son mari, regardait par la fenêtre s'il ne revenait pas. Le déjeuner était servi depuis une heure, et le chocolat se refroidissait en s'épaississant.

Madame de Moranges, grosse femme massive au propre et au figuré, avait une exactitude excessive, qui se montrait surtout dans les affaires de table et d'église : le premier coup de cloche du cuisinier, comme le premier coup de cloche du sacristain, la trouvait fidèle à son poste. Aussi, ne s'expliquait-elle pas les retards de M. de Moranges, qui, depuis trente ans, ne s'était pas fait attendre cinq minutes.

Elle allait donc envoyer des domestiques du

côté du bois, pour savoir ce qui avait pu arrêter en route son mari, ordinairement si ponctuel, et elle se préparait à lui faire une verte réprimande, quand elle vit venir le curé, qui annonçait sans doute le retour de M. de Moranges.

Le fils de celui-ci, étendu sur un sofa dans la salle à manger, faisait prendre patience à son estomac, en nourrissant son esprit de la lecture d'un ouvrage philosophique de Diderot.

— Ah ! voilà monsieur le curé ! dit avec joie madame de Moranges : il nous apprendra ce qui est arrivé à M. de Moranges.

— Au diable le curé ! murmura le jeune homme en jetant son livre. On ne peut passer un jour sans voir cette maudite robe noire !

— Taisez-vous donc, Onésyme, interrompit madame de Moranges avec douceur : vous parlez toujours comme un impie ! cela m'afflige, mon ami.

— Nous verrons qui de nous deux est le plus sage, madame ; vous aimez les prêtres ; moi, je les abhorre ; ce sont tous des tartufes, des gueux...

— Onésyme, Onésyme, reprit plus doucement encore madame de Moranges, vous vous feriez brûler vif, si l'on vous dénonçait au parlement !

— Brûler vif ! dit en riant cet élève des philosophes. Laissez ces fadaises aux petites gens, madame, et ne me faites pas rougir pour vous...

— Vous ne voudriez pas me fâcher, monsieur l'esprit-fort ? repartit la mère, qui était habituée à souffrir la contradiction de la part de son fils bien-aimé, et qui devant lui se sentait presque honteuse de sa dévotion. Je vous prie de ne rien dire qui puisse blesser monsieur le curé, quoique je le blâme d'être un philosophe comme vous.

— Comme moi ! belle comparaison, vraiment ! ai-je donc la mine d'un curé ? Si le roi savait son métier, il n'y aurait plus de curé en France !

— Et plus d'églises, n'est-ce pas ? quel souhait d'athée ! Onésyme, je prie Dieu tous les jours afin qu'il vous convertisse. A table, monsieur l'incrédule !

M. Jornand se repentit d'être venu au château lorsqu'il y fut entré, et la vue de madame de Moranges le glaça de terreurs nouvelles qui faillirent le déterminer à la retraite : mais il était allé trop loin pour retourner en arrière, et il eut d'ailleurs, par cette conduite étrange,

12

fait naître des soupçons qu'il devait ne pas
appeler sur lui.

Comme il paraissait encore incertain et embarrassé au milieu de la cour, madame de Moranges l'envoya chercher par un valet de
chambre. Le curé tressaillit à l'invitation de
la maîtresse du château, et suivit, tête baissée
le domestique jusque dans la salle où la mère
et le fils avaient déjà pris place pour déjeuner.

Madame de Moranges avait cru que son
mari accompagnait le prêtre, qu'elle salua dis-
traitement, tout étonnée de le voir paraître
seul ; mais elle ne remarqua pas d'abord l'air
défait et rêveur de M. Jornand, qui s'assit ou
plutôt tomba sur une chaise sans articuler un
mot. Onésyme n'avait pas bougé de son siége
ni donné un coup d'œil au curé : il haussait
les épaules en rongeant un os de côtelette.

— Eh bien ! monsieur le curé, vous ne nous
ramenez pas M. de Moranges ? dit avec en-
jouement la châtelaine, que l'aspect d'une robe
de prêtre mettait de belle humeur.

— Non, madame, répondit M. Jornand, na-
vré par la gaieté inopportune de cette dame
qui allait tout à l'heure connaître son veu-
vage.

— Vous l'avez rencontré apparemment dans
ses bois ? demanda madame de Moranges en

servant une aile de poulet sur l'assiette du curé.

— Oui, madame ! dit le prêtre, dont le trouble croissait à chaque question, et qui sentait des larmes gonfler ses paupières.

— Quoi ! vous refusez un morceau choisi par moi ? dit-elle en faisant difficulté de reprendre l'assiette que lui rendait M. Jornand.

— Grand merci, madame ; mais je n'ai pas faim, dit-il d'une voix balbutiante.

— Oh ! vous accepterez bien une tasse de chocolat fait par moi ? reprit-elle d'un ton mignard qui contrastait avec le vaste embonpoint de son personnage.

— Merci, madame ! je ne pourrais rien prendre ; absolument rien ! je suis mal à mon aise, j'ai des chaleurs qui me montent à la tête.

— Comment ! vous êtes malade, monsieur le curé ? En vérité, vous changez à vue d'œil vous semblez prêt à vous évanouir ? un bouillon vous fera du bien ? des sels ! Jean ! Pierre !

— Madame... disait M. Jornand, qui luttait avec cette faiblesse causée par l'émotion du moment ; oh ! madame... me voici mieux... pardonnez !... je me retire...

— Je ne vous laisserai point partir en cet état, mon cher monsieur Jornand : quand vous serez remis, on attèlera mon carrosse pour vous reconduire à Sainte-Geneviève.

— Je vous jure, madame... disait le curé
encore plus gêné par les attentions de madame
de Moranges ; je me sens tout à fait bien, et,
si vous me le permettez , je vais...

— Non, je ne vous le permets pas, mon
bon M. Jornand ; car vous n'êtes pas encore
dans une situation telle, que je puisse vous
abandonner sans danger. Cette défaillance peut
se renouveler, et je m'en voudrais toute ma
vie de ne vous avoir pas mieux soigné.... Tenez ; vous pâlissez et vous avez des frissons !
Ah ! voici enfin des sels !

— Eh ! madame, s'écria Onésyme impatien-
té des prévenances dévotes de sa mère, si monsieur le curé veut s'en aller, qu'il s'en aille !

— Ma présence ici, monsieur, ne sera peut-
être pas inutile, dit M. Jornand; à qui cette
parole brutale redonna le sentiment de son
ministère.

— Alors restez, je ne m'y oppose pas, ré-
partit durement Onésyme en dévorant l'aile
de poulet qui avait été découpée pour le curé.
Pardieu ! je suis fort aise que vous restiez,
continua-t-il la bouche pleine ; après le déjeuner, je vous entreprendrai sur votre religion,
et j'ai là de quoi vous battre, vous et votre ar-
mée de Pères de l'Eglise.

— Monsieur ! dit avec dignité M. Jornand
qui avait dominé le trouble de ses sens, la re-

ligion nous prêche la paix et non la guerre :
excusez-moi de vous céder le champ de ba-
taille.

— C'est-à-dire que vous vous avouez vaincu
avant le combat, dit Onésyme qui poursuivait
en même temps son copieux repas : on a
moins de foi et plus de raison aujourd'hui,
beaucoup plus de raison, ajouta-t-il en faisant
claquer ses mâchoires. Les prêtres sont comme
les augures romains qui ne pouvaient se regarder sans rire.

— Monsieur! répliqua noblement le curé,
qui comprenait la toute-puissance de la religion en face d'un malheur irréparable : je
voudrais vous voir plus sage dans cette triste
circonstance !

— De quelle circonstance parlez-vous ? dit
Onésyme qui vida un grand verre de vin pour
s'animer à la discussion : faut-il que je m'api-
toie sur votre manque d'appétit ?

— Si vous saviez !... s'écria M. Jornand in-
digné de cet égoïsme : vous vous reprocheriez
le temps que vous passez à table !

— Moi, monsieur le curé ! quand je saurais
à fond les mystères, les sacrements et les sept
péchés mortels, je n'en perdrais pas pour cela
un coup de dent ! A votre santé, cette rasade!

— Onésyme, mon ami, reprit madame de
Moranges avec sa voix la plus caressante,

ayez l'obligeance d'aller sur la lisière du bois pour savoir ce que votre père est devenu !

— Bah ! il aura rencontré en chemin sainte Geneviève et Hugues Capet ! repartit Onésyme sans quitter sa fourchette ; je souhaite qu'il nous amène ces deux convives !

— Onésyme, mon cher Onésyme ! dit madame de Moranges empruntant le ton de la prière : votre père était encore souffrant ce matin lorsqu'il est sorti pour visiter ses arbres.

— Monsieur l'abbé, vous qui l'avez vu tantôt, le trouvâtes-vous malade ? demanda négligemment Onésyme en remplissant une tasse de chocolat !

— Il m'a dit, en effet, qu'il gardait la chambre depuis trois jours, répondit le curé qui balançait à chaque instant entre un mensonge et une vérité terrible.

— Ces diables de prêtres disent toujours la moitié des choses ! reprit Onésyme dont la voracité ne se ralentissait pas. Voyez si l'on peut en tirer une réponse catégorique !...

— Onésyme, monsieur le curé n'est pas bien aujourd'hui, dit madame de Moranges qui avait l'air de supplier son fils : il aura eu quelque secousse : convenez-en, monsieur le curé !

— J'en conviens ! murmura le curé dont la voix sourde s'exhalait comme un gémissement.

— Pardieu ! monsieur le curé a l'esprit préoccupé s'écria brusquement Onésyme ; je gagerais qu'il a fait certain gros péché qui lui pèse sur la conscience !

— Jean, dit madame de Moranges à son valet de chambre, Monsieur ne revient pas ; je commence à m'inquiéter sérieusement... Prenez avec vous Pierre, le jardinier et des garçons de ferme, vous irez à la recherche de M. de Moranges dans le bois. N'est-ce pas dans le bois que vous l'avez rencontré, monsieur le curé.

— Oui... madame... dit M. Jornand dont l'embarras n'échappa cette fois à personne, et provoqua de nouveau les ricanements moqueurs d'Onésyme.

— De quel côté, s'il vous plaît !

— Mais... du côté... Je ne sais ! répondit avec anxiété le curé, qui rougit d'être forcé de mentir.

— N'importe, on le trouvera bien, dit madame de Moranges surprise de la contrainte avec laquelle M. Jornand s'exprimait au sujet de sa rencontre avec de M. Moranges. Jean vous n'aurez qu'à l'appeler ! Il a peut-être découvert quelque antiquité parmi ses arbres. Vous a-t-il parlé de quelque découverte, monsieur le curé.

— Madame, ne m'interrogez plus à ce sujet, je vous en prie! interrompit M. Jornand, qui n'était point assez habile dans la dissimulation pour cacher plus longtemps ce qu'il avait dans l'âme.

— Eh! quoi! monsieur le curé, vous seriez-vous mal quitté avec mon mari? il vous est fort attaché, je vous assure ; mais il a encore la vivacité d'un jeune homme, surtout pour ce qui concerne ses monuments, ainsi qu'il nomme les vieilles souches de Séquigny. Je devine maintenant pourquoi tout à l'heure vous ne vouliez pas entrer : vous vous êtes querellé avec M. de Moranges ?

— Non, Madame, dit en soupirant M. Jornand : j'avais trop de respect et d'attachement pour M. de Moranges !

— Vous n'en conviendrez ni l'un ni l'autre, mais vous vous êtes querellés, comme le mois dernier, lorsqu'il prétendait prouver que son parc était un camp romain où Hugues Capet...

— Madame, parlez sur la religion à tort et à travers, interrompit Onésyme en humant son chocolat, mais ne touchez pas à l'histoire : ceci appartient à nous autres hommes !

— Venez donc à mon secours, monsieur le curé, dit légèrement madame de Moranges en posant une main sur le bras de l'ecclésiastique. Sur ma foi ! vous dormez ou vous priez ?

— Je priais, Madame, répondit M. Jornand avec une simplicité édifiante.

— Voilà bien le moment de prier ! grommela Onésyme, qui manifesta son dépit par un bruit de verre et de fourchette. Si vous priez ici, je déjeunerai, moi, dans votre église.

— Ah ! Monsieur ! que vous êtes peu tolérant ! dit tristement le curé en essuyant deux larmes le long de ses joues. J'ai besoin de me recueillir quelques moments.

— Tolérant ! disait à demi haut Onésyme qui s'était levé de table, et qui n'accorda de répit au curé qu'en faveur des signes et des invocations de madame de Moranges : comme si la tolérance n'était pas la vertu essentielle des philosophes ! Un prêtre qui ose m'accuser d'intolérance ! Ils sont tous faits ainsi, ces cafards ; ils nous damnent pour des bagatelles ; ils nous jugent avec des microscopes ; mais ils ne veulent pas être jugés, quoi qu'ils fassent !... des inquisiteurs qui se vantent d'être tolérants ! Je voudrais avoir là sous mes pieds le dernier prêtre !...

— Onésyme, vous me faites de la peine ! interrompit maternellement madame de Moranges, qui écoutait ces imprécations en priant le ciel de les pardonner à ce jeune insensé.

— Bon ! prenez encore son parti contre moi,

13

repartit Onésyme en colère : je suis païen, comme vous dites, et lui, c'est un saint homme ! Pardieu ! je ne me fie pas à cette engeance !

Onésyme se jeta sur le sopha et rouvrit son livre pour faire sa digestion, pendant que madame de Moranges s'unissait de pensée à l'oraison qui tenait le curé à l'écart.

Mais des cris se font entendre au loin : madame de Moranges court à la fenêtre ; Onésyme, qui s'était endormi, ne s'éveille pas ; M. Jornand s'isole dans sa prière. Les cris approchent, une rumeur tumultueuse circule autour du château ; les domestiques s'appellent et sortent.

Madame de Moranges ne sait que penser du mouvement qui règne aux environs ; elle interroge son fils, puis le curé qui ne l'entendent pas : l'un prie, l'autre dort. Elle s'efforce de voir ce qui se passe hors des murs ; elle attend avec inquiétude une nouvelle importante ; elle aperçoit enfin son valet de chambre qui revient et qui, de loin, lui envoie un geste désespéré.

Alors un cortége de deuil défile par la grande porte : deux valets soutiennent sur leurs épaules le corps de M. de Moranges ; la malheureuse femme tremble, elle s'écrie à ce spectacle lamentable : elle croit que son mari est sans connaissance ou seulement blessé; mais tous les visages sont consternés; la funeste vérité éclate dans les pleurs et les sanglots de cette foule qui entoure un cadavre. Madame de Moranges se frappe la poitrine et tombe anéantie.

Quand elle reprend ses sens au milieu des larmes, son fils, qui s'est déjà fait rendre compte en détail de la découverte du mort au bois de Séquigny, examine dans un morne silence le cadavre de son père et la blessure résultant d'un coup de bâton sur la tête : on se tait devant lui ; le deuil des assistants témoigne de leurs regrets, car M. de Moranges était généralement aimé dans le pays.

Soudain Onésyme se lève, cherche des yeux le curé qui prie dans un coin, fixe sur lui un regard perçant, s'élance avec une exclamation farouche, le saisit par le bras, et le traîne auprès de la victime qu'il lui montre du doigt.

Mais M. Jornand s'est fortifié par la prière ; il a médité sur ses devoirs dans cette position difficile ; il est résolu à céler le nom de l'assassin et à ne point abuser du secret de la confession ; il a donc le maintien grave et religieux qui convient à ce déplorable événement.

— Monsieur, lui dit Onésyme en le regardant avec haine et défiance, monsieur, vous aviez vu mon père, avant qu'il fût assassiné ?

— Hélas ! oui, reprit M. Jornand ému involontairement à cette brusque interpellation.

— En quel lieu l'avez-vous rencontré ?

— Dans ses bois ; je vous l'ai dit.

— Au *Rendez-vous de chasse de Hugues Capet* ?

— Oui, monsieur, répondit le curé qui n'avait pas encore songé aux soupçons qu'il ferait retomber sur lui-même par ces aveux.

— En ce cas, voici votre canne et votre breviaire que j'ai ramassés près de notre pauvre maître, dit un valet en lui présentant ces deux objets.

— Ah ! s'écrie Onésyme, en s'emparant avec un air de triomphe, du jonc et du livre que M. Jornand n'osait réclamer.

— Grand Dieu ! murmure celui-ci en se cachant le visage ; c'est avec cela que...

— Cette canne est la vôtre, monsieur ? dit Onésyme, qui ne le perdait pas de vue un moment.

— Je ne le nierai pas, puisque c'est la vérité.

— Ce livre est à vous ?

— Je l'avais oublié au même endroit, ainsi que la canne, et cet oubli que je déplore...

— Monsieur le curé, vous avez tué mon père !

— Onésyme, que dites-vous là ? s'écria madame de Moranges qui suivait avec effroi cet interrogatoire. Pardonnez-lui, monsieur le curé, la douleur l'égare ! \

— Moi, tuer un homme ! assassiner M. de Moranges ! répliqua le prêtre que cette accusation imprévue avait jeté dans un étrange désordre d'esprit. Je vous excuse, monsieur, quoique un pareil soupçon me soit bien cruel : Dieu soit loué ! ma vie entière proteste contre cette indignité !

— C'est vous le meurtrier, dis-je ! reprit avec une nouvelle énergie Onésyme, confirmé dans sa supposition par le trouble et les larmes de l'accusé.

— Au nom du ciel ! monsieur, ne répétez pas une si odieuse injure contre un honnête homme, contre un prêtre...

— Un prêtre !... vous vous cachez sous ce manteau pour avoir l'impunité ; mais je vous démasquerai, misérable ; je vengerai la mort de mon père !

— Onésyme, mon fils, ne parlez pas ainsi ! disait madame de Moranges, qui tremblait de voir s'accréditer une imputation qu'elle traitait encore de folle et d'impie.

— Tout à l'heure, madame, vous avez été témoin de son émotion, de ses remords, de son désespoir ? le lâche avait peur !... Avoue, monstre ! avoue...

— Monsieur, je méprise vos inculpations abominables, dit M. Jornand avec un élan du cœur ; je suis fâché qu'une si juste douleur soit souillée par des excès que vous blâmerez ensuite le premier. La charité, que nous enseigne l'Evangile, me secourra contre vous, et la main pure, où vous osez chercher les traces du sang de votre malheureux père, s'étendra vers vous pour vous absoudre et vous bénir....

— Tais-toi, fourbe ! interrompit Onésyme avec fureur. N'essaie pas de te faire un appui de ce jargon faux et infâme. Tu as tué mon père ! Vois-tu ce bâton ? c'est l'instrument de l'assassinat : et ce livre, qui servait à tes grimaces de charlatan, ce livre dénonce aussi ton crime...

— Onésyme, je vous ordonne de cesser ! dit d'une voix faible madame de Moranges, craignant d'être foudroyée avec son fils qui blasphèmait et insultait un ecclésiastique.

— Ne sont-ce point assez de preuves ? reprit Onésyme en sanglotant. Son sang ! assassin, voilà son sang !

— Son sang ! s'écria madame de Moranges, qui n'en croyait pas ses yeux, et se signait, en considérant le pan de la soutane qui avait trempé dans le sang de la victime.

— Il a tué M. de Moranges ! crièrent à la fois les spectateurs, la main étendue pour saisir l'assassin que le jeune homme n'avait pas lâché.

— Je suis confondu ! dit M. Jornand. Mes amis ! je vous jure par tout ce qu'il y a de plus sacré dans le ciel et sur la terre...

— Ne jure pas, exécrable prêtre ! interrompit Onésyme.

— Quoi ! c'est vous, monsieur le curé !... dit madame de Moranges reculant avec des gestes d'horreur.

— Madame !... messieurs !... mes frères !... disait M. du Jornand, se tournant successivement vers toutes les personnes présentes pour tâcher de leur inspirer quelque commisération : ce n'est pas moi ! je suis innocent ! j'en atteste Dieu. C'est un concours effrayant de circonstances qui m'accablent !... Je suis incapable de semblable forfait ! Je suis un prêtre ! vous connaissez tous ma vie... Eh ! pourquoi aurais-je commis cette action détestable ? M. de Moranges, cet excellent vieillard que j'aimais...

— N'insulte pas à sa mémoire, après l'avoir tué ! reprit Onésyme. Ne te targue pas de ton caractère de prêtre ! le crime est avéré, et l'auteur n'est autre que toi.

— Cependant, si c'était un autre...

— Tu connais donc le meurtrier ? tu es donc son complice ? Nomme-le ! Tu baisses la tête et ne réponds rien ; oui, tu subiras la peine des assassins !

—Oh ! le scélérat ! crièrent les gens de M. de Moranges et les paysans accourus à cette triste nouvelle. Oh ! le méchant prêtre ! il faut le mettre par morceaux !

— La justice le châtiera, dit Onésyme en retenant l'exaspération des assistants prêts à déchirer en pièces le prétendu assassin. Avant un mois, il sera roué vif aux portes du château. Hélas ! son supplice ne fera pas revivre mon père ; mais il montrera l'incroyable scélératesse de cet homme !

— On m'accuse à tort, repartit le curé avec calme : j'avoue que les apparences sont contre moi, mais, quoi qu'il arrive, j'aurai pour moi ma conscience. Que la volonté de Dieu soit faite !

M. Jornand fut mené chez le bailli, au milieu des injures et des vociférations furieuses de la populace.

Dans son premier interrogatoire, il spécifia l'heure et le lieu où il avait rencontré M. de Moranges ; il reconnut sa canne et son livre ;

il ne nia pas que la mort eut été donnée au moyen de ce jonc, mais il persista dans ses protestations d'innocence, et ne voulut accuser personne : on trouva sur lui la bourse de M. de Moranges. Il fut transféré le soir même à Paris, et le lendemain la procédure commença en Tournelle criminelle.

Onésyme de Moranges pressait avec acharnement la conclusion de cette affaire, qui tenait en émoi tout le doyenné de Montlhéry. Les faits malheureusement n'avaient que trop de vraisemblance, et, pour les corroborer encore, on découvrit que des arbres avaient été coupés en fraude dans la propriété de Moranges, et que ces arbres se retrouvaient sciés dans le cellier du presbytère. On supposa donc que le curé, dont le bénéfice ne s'élevait pas à plus de sept cents livres, avait volé ce bois, et que, se voyant surpris en flagrant délit, il avait cru faire disparaître le seul témoin de son crime par la mort du seigneur de Launay.

Enfin les débats du procès confirmèrent davantage les charges de l'accusation, et M. Jornand accablé par des preuves qu'il ne pouvait réfuter sans perdre Bénard, fut condamné à faire amende honorable, un cierge de quatre livres en main, à la porte de l'église de Sainte-Geneviève-des-Bois, et à être roué vif devant le château de Launay.

14

M. Jornand se résignant à mourir martyr de son devoir, garda fidèlement le secret de la confession du véritable assassin, et continua de proclamer son innocence avec une fermeté inébranlable qui produisit quelque indécision parmi ses juges, mais ne put suspendre l'arrêt.

La nuit qui suivit cet arrêt prononcé à Paris fort avant dans la soirée, et apporté aussitôt par Onésyme à madame de Moranges, cette dame avait beaucoup pleuré et prié en pensant que le supplice de la roue, infligé à un ecclésiastique, déshonorerait le clergé et la religion ; elle s'était enfin endormie d'un sommeil agité qui lui représentait en songe le malheureux Jornand prosterné au pied de l'autel et jurant qu'il était innocent.

Tout à coup la fenêtre de sa chambre s'ouvre avec fracas ; elle s'éveille en sursaut, elle se dresse sur son séant, elle y reste pétrifiée ! Un spectre, enveloppé d'un [drap blanc, est debout sur le balcon et agite son linceul au-dessus de sa tête.

— Madame, lui dit une voix basse que la peur de madame de Moranges grossit à ses oreilles, madame, je vous supplie de sauver monsieur le curé !

— Comment ? pourquoi le sauver ? répond-elle en se signant coup sur coup. Que puis-je faire ? Que veut-on que je fasse ?

— Monsieur le curé est innocent, je vous le jure : ce n'est pas lui qui a tué M. de Moranges !

— Est-il possible ? Je n'avais pas aussi le courage de me résoudre à le croire coupable. Mais vous qui venez sans doute de la part du ciel !...

— Oui, madame, c'est le ciel qui m'envoie ; c'est le ciel qui m'a conseillé. Je viens vous dire qu'il ne faut faire aucun mal à M. Jornand, qui est le plus honnête homme du monde, le plus saint, le plus digne homme ! Ah ! madame, ordonnez qu'on ne le tourmente plus pour cela !

— Hélas ! ne savez-vous pas qu'il est condamné à mort et qu'il sera roué vif demain matin devant le château ?

Le fantôme poussa un cri déchirant, murmura quelques paroles inarticulées, et disparut dans les ténèbres.

Le lendemain, madame de Moranges, que cette apparition avait laissée sans sommeil et sans repos jusqu'au jour, la raconta en l'exagérant à Onésyme, qui avait surveillé pendant la nuit les apprêts du supplice que les gens du village venaient voir à la lueur des torches.

Mais Onésyme ne fit que rire des visions de

sa mère, et répondit, à toutes les objections qu'elle lui adressait sur l'innocence du curé, par des malédictions haineuses contre les prêtres en général. Onésyme poussa la passion au point de dire qu'il assisterait avec joie à l'exécution qui devait couvrir d'opprobre le culte catholique et ses ministres. C'était le fanatisme aveugle de la philosophie du XVIII° siècle.

L'heure sonna : M. Jornand, qui avait été ramené de nuit dans la prison du bailliage, est conduit à l'église entre deux haies de curieux qui l'outragent et qui ont soif de son sang. Il est calme, modeste, silencieux ; mais son regard rayonne en se levant au ciel.

Après l'amende honorable, où il protesta de son innocence, il fut conduit, avec la même pompe d'insultes et de haines publiques, à l'endroit où sa roue était placée.

En face de la porte principale du château, il y avait un chêne immense que M. de Moranges prenait pour un de ces arbres sacrés sur lesquels les Druides cueillaient le gui et appendaient les armes des peuples vaincus.

Au sommet de ce chêne, Bénard s'était hissé dès le matin, comme pour mieux voir les affreux détails de l'exécution ; on l'apercevait d'en bas, immobile sur une forte branche, la tête cachée dans sa poitrine, ainsi qu'un oiseau de proie endormi.

— Messieurs et mesdames! cria-t-il d'une voix retentissante qui attira de son côté tous les yeux, dirigés en ce moment vers le condamné, que l'exécuteur déshabillait pour l'étendre sur la roue : M. le curé est innocent, et je suis le coupable. Il le sait bien le saint homme, puisqu'il a reçu ma confession, et ne l'a pas révélée! Je serais damné éternellement, si je le laissais mourir à ma place. Ainsi donc, ne le chagrinez plus là-dessus et portez-lui respect, car c'est moi qui ai tué M. de Moranges après lui avoir volé son bois; c'est moi qui ai mérité la mort, et je me fais justice moi-même en recommandant mon âme aux prières de monsieur le curé.

En achevant ces mots, Bénard, qui avait passé autour de son cou un nœud coulant attaché à l'arbre, se précipita dans le vide et demeura suspendu à cinquante pieds de terre.

Quand on parvint à le détacher, il n'existait plus : on trouva dans sa poche un écrit, signé de sa main, constatant son crime et la vertueuse piété de M. Jornand.

Deux jours après cet événement, l'arrêt de la Tournelle fut révoqué, et le curé reconduit

en triomphe dans sa paroisse. Onésyme, forcé
d'admirer la grandeur d'âme et la générosité
de M. Jornand, déclara que ce n'était pas un
prêtre, mais un philosophe chrétien.

FIN